Münstermörder

von Liane am 23.07.2010

Hämmerle jagt den

MÜNSTER-MÖRDER

Sternwald Verlag

Die Deutsche Bibliothek - CIP-Einheitsaufnahme
FREIBURG-Krimi: MÜNSTERMÖRDER
Freiburg: Sternwald Verlag, 1996
ISBN 3-9804390-2-x
NE: Heyberger, Renate; Marquardt, Udo

Hans-Albert Stechl
Sternwaldstraße 26
79102 Freiburg
Tel. (07 61) 3 14 14
Fax (07 61) 2 43 02
Internet: www.sternwaldverlag.de

Titelgestaltung: Jens Klingshirn
Freiburg-Krimi-Logo: Andreas Verstappen
Druck: fgb • freiburger graphische betriebe

Inhalt

Prolog

Der Himmel über dem Münster ist schwarz. Zehn Meter über dem Abgrund starrt Jean-Marie Hämmerle entsetzt in die Fratze eines fürchterlichen Untiers. Wenige Zentimeter über seinem Gesicht bleckt das Monster die Zähne. Eine stählerne Zunge schießt ihm aus dem Maul. Dreikrallig bohrt sich die Pratze in Jean-Maries Schulter. Vor Gier quellen dem Ungeheuer die Augen über. Es riecht irgendwie nach Schwefel. Hämmerles Atem rast. In seinen Ohren pocht das Blut im Tekkno-Beat. Eine dicke Schweißperle rollt ihm von der Stirn ins Auge. Langsam werden die Arme lahm.

Jetzt nur nicht loslassen, denkt er. *Hier ist endgültig Schluß.* Entkommen unmöglich. Den Bauch an der Wand, den Höllenhund über sich und unter sich, bis auf einen schmalen Sims, gähnende Leere. Von hier oben gibt es keinen Ausweg. Zehn Meter über dem Kopfsteinpflaster des Freiburger Münsterplatzes ist Endstation.

Scheißlanger Donnerstag

Wie an jedem Nachmittag stand Jean-Marie Hämmerle mit seinen Taxikumpels vor dem Freiburger Hauptbahnhof. Die Sonne spiegelte sich in der Glasfassade der Sparkasse. Gegenüber ragte das neugebaute Intercity-Hotel dem Himmel über dem Breisgau entgegen. Unter der Stadtbahnbrücke suchten einige Penner nach Schatten für ihre zweite Frühstücksbombe.

Jean-Marie machte eine weit ausladende Handbewegung:

Das soll es nun sein, das neue Freiburg. Freiburg 2000 quasi. Beton, Stahl und Glas. Haben wir das gewollt? Würdest Du in dieser seelenlosen Stadt noch einen Bollenhut tragen wollen?

Sein Vordermann schüttelte den Kopf. Hämmerle fuhr fort:

Nicht mal Deine Mutter könnte hier am Abend in Ruhe ihr Bier trinken. Schau' sie Dir doch an, diese Neandertaler im Nadelstreifen. Was glaubst Du, wie es hier in ein paar Jahren aussieht!

Sein dicker Zeigefinger wies verächtlich zum nagelneuen Kongreßzentrum, bekanntgeworden unter dem Kürzel KTS, jetzt aber euphemistisch Konzerthaus benannt.

Konzerthaus! Da geigt nur einer! Wenn überhaupt einer reingeht. Wenn ich an all die Millionen denke, die da vergeigt sind, wird mir schlecht. Hämmerle würgte theatralisch. Dann zog er sein Lederwestchen enger um den Wanst als fröstele ihn trotz der brütenden Hitze. Das Lederwestchen gehörte zu Jean-Marie wie die Nickelbrille auf der Nase. Es war Teil seiner Standardkluft, die geradezu am mächtigen Leib angewachsen schien: Socken und Boxershorts von vorgestern, eine zeltgroße 501 in verwaschenem Blau, das T-Shirt vom Vortag und die winzige, ockergelbe Lederweste, die schlank machen sollte. An den Füßen Birkenstocksandalen. In der letzten Zeit war ein dünnlicher Zopf im Nacken dazugekommen, seit Jean-Marie versuchte, den Haarschwund über der Stirn umgekehrt proportional durch längeres Haar im Nacken auszugleichen. Gewöhnlich bändigte er das rötlich-blonde Lagerfeld-Imitat mit einem roten Küchengummi.

Einer seiner Kumpels klopfte ihm freundschaftlich auf den Rücken:

Komm, Alter. Wenn der Schuppen erst läuft, brummt das Geschäft doch. Also aus unserer Sicht, ich meine rein taximäßig, kann's uns doch nur recht sein.

Typisch. Ihr seid doch alle gekauft! Entnervt strich sich Hämmerle über die schweißnasse Stirnglatze. *Korrumpiert quasi, das Prinzip des Kapitalismus in Reinkultur. Die Unterdrückten Schulter an Schulter mit ihren Unterdrückern, bloß, daß die zu blöd sind, es zu merken, die Unterdrückten, mein' ich. Du glaubst doch nicht im Ernst, daß der Mehrwert, den so ein Ding da abwirft, auch bei Dir landet. Der Gemeinderat dient doch nur der Sicherung der kapitalistischen Produktionsverhältnisse. Die Mehrheit der Bevölkerung, die sich wie wir aus Proletariern und Halbproletariern zusammensetzt, die ist am Arsch gekniffen. „Der Produktionsmittel beraubt", wie es bei Marx heißt.*

Ey, ich laß mich doch nicht als Prolet bezeichnen! Du immer mit Deinem roten Scheiß, kam es aus der zweiten Reihe.

Komm, laß' ihn doch, ein Taxifahrer aus der dritten Reihe schaltete sich ein. *Irgendwie hat Jean-Marie doch recht. Oder glaubst Du vielleicht im Ernst, daß es uns besser geht, wenn die KTS mal läuft?*
Wo Du grad sagst laufen, meldete sich eine Stimme aus der vierten Reihe, *allein die Figuren, die da zur Bewachung rumlaufen, sollen doch Millionen kosten.*
Genau! Das war Wasser auf die Mühlen des nach eigener Einschätzung letzten aufrechten Linken der Breisgau-Metropole. Jean-Marie strahlte. *Abgesehen davon, daß das Ding sowieso nicht laufen wird, ist der Kasten doch eh völlig überdimensioniert. In so einem Nest wie Freiburg.*
Er sah auf die Uhr.
Seit die Bundesbahn privatisiert worden war, konnte man sich nur noch auf eines verlassen: kein Zug kam pünktlich. Speziell die südbadische Provinz war besonders betroffen. Die Minuten flossen zäh dahin. Die Viertelstunden blähten sich zu halben Stunden auf, die sich ihrerseits wiederum zu Stunden von taggleichem Ausmaß dehnten, das doch maßlos war und eher an Wochen und Monate erinnerte, die nicht enden wollten, als an die paar Minuten, um die es eigentlich ging.
Mann, dat dauert wieder. Der Kollege aus dem Rheinland, dort, wo man gewöhnlich die Zeit mit Reden überbrückt, war noch nicht an die sprichwörtliche badische Gelassenheit gewöhnt. *Seid Ihr sicher, daß überhaupt noch Züge nach Freiburg kommen?*
Warum seid Ihr Norddeutschen nur immer so ungeduldig? Jean-Marie war überzeugt, im Namen seiner badischen Kollegen zu sprechen. *Hier, bei uns, geh'n die Uhren halt*

anders. Zum Glück. Und was ist so ein Viertelstündchen schon im Angesicht der Ewigkeit. Sein Blick ging in die Weite.
Wie spät issn?
Hämmerle verzog gequält das Gesicht und antwortete nicht. Er, der nicht einfach gewöhnlicher Taxifahrer war, sondern ein immerhin sechsunddreißigsemestriges Studium der Theologie, Philosophie, Soziologie und Ethnologie ohne einen einzigen Abschluß überstanden hatte, mal ganz abgesehen von dem ebenfalls erfolglosen Ausflug ins Collegium Borromaeum, war andere Zeitläufe gewohnt. Ganz abgesehen davon war der Zug da.
In die Gruppe der Taxifahrer kam Bewegung. Zigaretten wurden ausgedrückt, Flachmänner verstaut, Bierdosen entsorgt. Jeder verzog sich auf seinen Fahrersitz. Auch Hämmerle wuchtete seine 235 Pfund Lebendgewicht, nackt auf der Waage, in den Benz der Freiburger Taxizentrale. Argwöhnisch beobachtete er die Menschenmassen, die aus den museumsreifen Schwingtüren des Hauptbahnhofs drängten. Der Wagen vor ihm wurde gleich von einer japanischen Touristengruppe besetzt. Die riesigen Rucksäcke, die fast so groß waren wie ihre Besitzer, ließen auf die Jugendherberge als Ziel schließen. Auf Jean-Maries Wagen steuerte ein Mann zu. Auch er hatte einen Rucksack dabei. Der Mann öffnete die Tür. Jean-Marie beäugte ihn mißtrauisch. Der Fremde war blond, blauäugig, durchtrainiert, die Haut sonnengebräunt. Eine Mischung aus Robert Redford und Richard Chamberlain, die Hämmerle an und für sich nicht behagte.
Sind Sie noch frei?
Jean-Marie war freudig überrascht. Immerhin schien hier

jemand wenigstens die Grundregeln des menschlichen Anstandes zu beherrschen. Er nickte. Sein neuer Fahrgast verstaute seinen Rucksack auf der Rückbank und setzte sich neben Hämmerle auf den Beifahrersitz.
Die Fahrt ging zunächst in die Moltkestraße zu einem Spezialgeschäft für Sport- und Trekkingausrüstung. Während der Fahrgast in dem Geschäft verschwand, riskierte Hämmerle einen Blick auf die Auslagen im Fenster. Was er sah, befremdete ihn sehr: Pickel, Seile, Helme, riesenhafte Schuhe neben Zelten, die so klein waren, daß kein normaler Mensch darin unterkommen konnte, Rucksäcke, Kochgeschirre, Stablampen - kurz: Gegenstände, die dem Geistesarbeiter Jean-Marie völlig fremd waren.
Doch offensichtlich gab es Menschen, die mit solchem Zeugs was anfangen konnten. Vollbepackt mit einer Seilrolle und einem unförmigen Paket kletterte der Mann zurück ins Taxi.
Sportler, wie? Ein angeregtes Gespräch gehörte für Jean-Marie zum Service einer guten Taxifahrt.
Wir wollen hier im Schwarzwald ein bißchen klettern. Ich treff' mich mit einem alten Kommilitonen. Mit dem war ich früher oft unterwegs. Freeclimbing und so, Sie kennen das ja sicher.
Schon bei dem Wort „freeclimbing" trat Jean-Marie der Schweiß auf die Stirn. Er hielt es eher mit Churchill.
Ich halt' es da eher mit Churchill, no sports und so.
Täte Ihnen aber sicher gut, sagte der Fremde mit einem Seitenblick auf Hämmerles Leibesfülle.
Also wenn überhaupt, dann Fußball.
Spielen Sie in einer Mannschaft?

Ich bin quasi die rechte Hand des Trainers. Ich hab 'ne Stehplatzkarte in der Nordkurve beim SC.
Ach deswegen kicken die immer so alternativ.
Genau. Der Mann schien was von Fußball zu verstehen.
Während Hämmerle in groben Zügen eine Philosophie des Fußballs zu entwickeln versuchte, die sich mühte, die alte Sepp-Herberger-Weisheit „Der Ball ist rund“ mit der Angst des Tormanns vorm Elfmeter zu verbinden, unter besonderer Berücksichtigung, daß, ebenfalls Herberger, „das Runde ins Eckige“ muß, um so einen Schritt auf die Quadratur des Kreises zu tun, quasi Euklid, also irgendwie kam es darauf an, das Ding im Kasten zu landen oder so, während also Jean-Marie sich derart ereiferte, ging die Fahrt ins Freiburger Nobelviertel Herdern, da, wo seit der Pleite eines bekannten und ehemals als seriös beleumundeten privaten Bankhauses der eine oder andere Kuckuck klebte. Auch hier ging es, nicht immer mit Erfolg, darum, das eine oder andere Ding in den Kasten zu tun. Jedenfalls lasteten schwere Schatten auf der Sonnhalde.
In der Wintererstraße, ganz in der Nähe der von Jean-Marie ehemals heißgeliebten Katholischen Akademie, ließ der Fahrgast vor einer Jugendstil-Villa halten:
Warten Sie bitte hier, ich muß jemanden abholen. Es dauert nur einen Moment.

Eine gute halbe Stunde später düste der Benz der Freiburger Taxizentrale mit zwei Fahrgästen am Hirschsprung vorbei. Jean-Marie wies auf den bronzenen Hirsch:
Tolle Geschichte. Kommt ein Jäger und will dem armen Vieh den Garaus machen. Und was tut der? Ich meine, der

Hirsch? Der macht quasi einen Riesensatz und ist auf der sicheren Seite. Da, wo's die Bananen gibt, wenn Ihr versteht, was ich meine.
Seine beiden Fahrgäste nickten lachend.
Hämmerle ließ sich zu einem historischen Exkurs hinreißen: *Worauf wir hier fahren, das ist quasi die B31 des 18. Jahrhunderts. Früher, also quasi vor zweihundertfuffzig Jahren oder so, war die Straße praktisch ein Saumpfad. Und heute? Ein Auto nach dem anderen. Und alles bloß, weil damals so'n paar Lenzkircher Bonzen eine breitere Straße haben wollten für ihre dicken Kutschen. Später mußte man die Straße nochmal verbreitern, daß die dicke Marie-Antoinette auch noch durchkam. Und was war schließlich das Ende vom Lied? Endlich war die Straße breit genug, daß auch das Militär durch den Schwarzwald stiefeln konnte. Jedenfalls, der Hirsch wäre über diese Schlucht nicht mehr gekommen.*

Mensch, Jean-Marie, Du bist ja ein richtiger Universalgelehrter. Die beiden Fahrgäste stupsten sich verstohlen in die Seiten und feixten in sich hinein.
Seit Himmelreich war man per Du. Jean-Marie fuhr Hubert und dessen Freund Georg Richtung Hochschwarzwald. Er hatte in der Zwischenzeit eine Menge über die beiden erfahren. Hubert Echo und Georg Lieblich, zwei alte Studienfreunde. Volkswirte. Eigentlich nicht gerade Hämmerles Kragenweite. Seiner Meinung nach waren alle Volkswirte Schickimickis, die ihren Vätern ohne Ende auf der Tasche lagen, um hinterher eine sich selbst überlebt habende und bis auf die Knochen korrupte Volkswirtschaft endgültig bis aufs Mark zu ruinieren. Bei Hubert, den er nun schon seit

dem Hauptbahnhof kannte, lag der Fall allerdings etwas anders. Wie genau, wußte Hämmerle zwar nicht, aber soviel hatte er schon erfahren: Hubert war den etwas beschwerlicheren Weg ohne Abschluß gegangen, ganz wie er selbst, und hatte die esoterische Buchhandlung Matzerath im rheinischen Siegburg übernommen. Überhaupt war ihm Hubert bei weitem sympathischer als dessen Freund Georg. Der war schon eher der klassische Karrierist. Auch im richtigen Leben auf den Gipfeln zu Hause. Banker eben, ein echter Dynamo. In der Mitte ein breiter Siegelring, darüber braunes Haar auf dem Rückzug. Seine Haut wies die typische Färbung des Schwarzwälders auf. Eine Haselnuß auf Beinen. Braune Knopfaugen, Schnauzbart, den Kopf direkt auf den Schultern. Der Körper gedrungen, aber durchtrainiert.
Beide hatten sich noch in Freiburg in ihre Klettermontur geworfen. Hautenge glänzende Trikotware in schreienden Neonfarben. Im Kofferraum stapelten sich Seile, Pickel, Rucksäcke, alles Dinge, mit denen Jean-Marie, wie gesagt, nichts anzufangen wußte. Einen Flachmann, der für Jean-Marie zur Grundausstattung eines jeden Sportlers gehörte, hatte er zu seinem Erstaunen nicht entdeckt.
Die Fahrt ging Richtung Ravennaschlucht, zu einer „kleinen Aufwärmtour", wie Hubert gut gelaunt mitgeteilt hatte. Im Benz verstand man sich bestens. Hämmerle gab einige Histörchen von Heideggers Wanderungen durch den Schwarzwald zum besten, nicht, ohne sie mit einer kleinen Einführung in „Sein und Zeit" zu verbinden:
... geradezu Philosophie gewordenes Bergsteigen, quasi. Schließlich ist die Uneigentlichkeit des Daseins eine Entfremdung von der Natur. Zur Bestätigung seiner These fum-

melte Jean-Marie an seinem Radio herum und stellte einen Freiburger Privatsender ein.

Von wegen „Hören, was man will". Das, behauptete er triumphierend, *ist der Beweis. Durch so ein Gesülze wird der Mensch uneigentlich.*

Eigentlich sind wir jetzt da. Hubert ließ Jean-Marie in einer Parkbucht vor einer furchterregenden Felswand anhalten. Seine beiden neuen Freunde verabschiedeten sich mit einem üppigen Trinkgeld und der Versicherung, künftige Taxifahrten nur noch mit Jean-Marie zu unternehmen.

Doch soweit sollte es nicht mehr kommen.

Nach Feierabend fuhr Jean-Marie mit dem Benz der Taxizentrale direkt vor das idyllische Waldlokal Valentin. Der Valentin war ein beliebtes Ziel ganzer Generationen von Studenten. Die Wirtin hatte diese Generationen spielend überdauert. Wie eh und je fütterte sie ihre Studenten mit den legendären Apfelpfannkuchen oder, aber nur auf besondere Nachfrage, mit einem teuflisch scharfen Fleischgericht, das sinnigerweise den Namen „Scharfe Paula" trug. Dazu gab es Heidelbeerwein oder Flaschenbier. Man saß an wackligen runden Tischen unter bunten Glühbirnen.

Hämmerle hatte sich im proppenvollen Garten noch einen einzelnen Platz in der hintersten Ecke, direkt an der Hauswand, ergattert. Mit am Tisch zwei turtelnde Pärchen. Jean-Marie sah ihnen verstohlen zu. Die vier nahmen von ihm keine Notiz. Um ihn herum schnäbelte und tuschelte es ohne Ende. Ab und zu verschwand eine Hand unter einer Bluse.

Wenn das der akademische Nachwuchs sein sollte, dachte

er, dann gute Nacht. Abends in Kneipen sitzen und fummeln. Und am Morgen mit dickem Kopf im Seminar schlafen. Kein Wunder, daß es mit der Wissenschaft bergab ging. Seinerzeit war es noch anders gewesen.

Sein Grübeln wurde von der Stimme eines Engels unterbrochen:

Was darf's denn sein?

Jean-Marie hob den Kopf aus den Händen. Das Mädchen war einfach wunderschön. Die schwarzen Haare hatte es zu einem Pferdeschwanz gebunden. Die dunklen Augen blitzten über einer Nase, die Hämmerle an alte griechische Münzen erinnerte. Das Profil war klassisch wie die Figur. Nichts erinnerte an die dürren Models, die Hämmerle von Zeit zu Zeit in einschlägigen Magazinen sah. Hier ging es zu wie bei Rubens, das Mädchen entsprach voll und ganz seinem Geschmack. Er mochte es gern üppig.

Soll ich Ihnen die Karte bringen?

Hämmerle antwortete nicht. Er beobachtete fasziniert das Spiel des Windes im dunklen Flaum auf ihren Armen. Sein Blick glitt hinunter zu den stämmigen Waden, die aus knielangen Shorts hervorkamen. Auch hier ein dunkler Zauberwald im Wind. Die Bäume über ihm rauschten.

Also was jetzt? Das Mädchen wurde ungeduldig.

Hämmerle riß sich los:

Einen extragroßen Apfelpfannkuchen und einen Heidelbeerwein.

Extragroße haben wir nicht, aber ich kann Ihnen zwei bringen.

Ja bitte, wenn das geht.

Für unsere Gäste tun wir alles. Das Mädchen entschwand

mit einem Lächeln.
Hämmerle war geplättet. Dieses Lächeln war nicht das gewöhnliche Lächeln einer Bedienung gewesen. Dieses Lächeln war mehr. *Für unsere Gäste tun wir alles,* hatte sie gesagt. Das Lächeln aber sagte, für Dich tue ich alles, dieses Lächeln war ein Versprechen. Und in der Tat, hatte sie ihm nicht zwei Apfelpfannkuchen versprochen?
Zwei Heidelbeerweine später war Jean-Marie allein am Tisch und regelrecht beschwingt. Das Lächeln, mit dem sie ihm die Viertele vorgesetzt und die leeren Teller abgeräumt hatte, nahm ihm die letzten Zweifel. Hier war er auf eine wahlverwandte Seele getroffen.
Als er das dritte Viertele entgegennahm, streifte seine Hand wie zufällig ihren Unterarm. Sie schien nichts dagegen zu haben. Jean-Marie wurde tollkühn:
Arbeiten Sie immer hier?
Das Mädchen lächelte:
Nur dienstags und donnerstags, ich helfe nur aus.
Hämmerle sah an ihr hoch:
Sie machen das aber sehr gut, quasi professionell. Ich kenn' mich da aus.
Sind Sie auch aus der Branche? Das Mädchen lächelte immer noch.
Eigentlich nicht, wehrte Hämmerle ab, *aber ich komm' viel rum. Eigentlich bin ich so eine Art Universalgelehrter, ein Wissenschaftler.*
Ich studier' auch.
So ein Zufall. Was, wenn man fragen darf?
Germanistik und Theologie, im dritten Semester.
Hämmerle rechnete nach. Das Mädchen war keine Zweiund-

zwanzig. Mit den Erfahrungen seiner achtunddreißig Jahre konnte er ihr sicher viel geben:
Darüber müssen Sie mir unbedingt mehr erzählen.
Das Mädchen hob bedauernd die Schultern:
Ich muß noch bedienen.
Jean-Marie wuchs über sich selbst hinaus:
Und dann? Wann haben Sie denn Feierabend?

Silbern lag die Dreisam im Mondlicht. Auf dem Uferweg, in Höhe der Schwabentorbrücke, sah man zwei stämmige Gestalten flußaufwärts schlendern. Die breitere der beiden hatte den Arm um die Schultern der kleineren gelegt. Sie waren in ein angeregtes Gespräch vertieft:
Also, das mit der Einheit von Ort, Zeit und Handlung hat seine Wurzeln in der klassischen Antike. Aristoteles und so, seine Poetik. Das ist so wie vorhin im Valentin. Wäre ich zu der Zeit an einem anderen Ort gewesen, beziehungsweise, wäre ich da gewesen, Du aber nicht, wären wir jetzt nicht zusammen hier an diesem Ort zu dieser Zeit. Hämmerle war in seinem Element.
Du kannst das viel besser erklären, als die Profs an der Uni. Corinna, Jean-Marie hatte inzwischen ihren Namen erfahren, schaute bewundernd an ihm hoch.
Interessant ist ja auch, daß Aristoteles nur über das Drama geschrieben hat. Eine Theorie über die Komödie gibt es von ihm nicht.
Die hat doch dieser blinde Mönch ins Feuer geworfen. Ich hab' da mal so'n Film gesehen...
Den Rest des gelehrten Gespräches nahm der Höllentäler mit.

In Höhe der Ganterbrauerei wagte Hämmerle, besäuselt und ermutigt von einem guten Liter Heidelbeerwein, den entscheidenden Vorstoß:
Du, ich wohne hier zufällig ganz in der Nähe. Wenn Du möchtest, können wir bei mir noch ein Gläschen Roten trinken.
Diesen Schachzug hatte Jean-Marie bei der Wahl des Spazierwegs genau vorausberechnet. Allein schon, den Benz der Taxizentrale bei der Johanneskirche geparkt zu haben, war ein Meisterstück gewesen.
Corinna wehrte halbherzig ab:
Ich glaube, es ist ziemlich spät. Du mußt doch morgen sicher früh raus.
Wie heißt es doch in der Barockliteratur: Carpe diem, pflücke den Tag. Das gilt auch für die Nacht. Hämmerle begann zu summen und tänzelte ein wenig über den schmalen Uferweg. Kenner des Schlagers hätten vielleicht von Ferne die Melodie von „Corinna, Corinna" erahnt, doch der so Besummten blieben diese Feinheiten verborgen.

Mach' Dir's erstmal bequem. Hämmerle knipste die kleinste Lampe im Wohnzimmer seiner Wohnung in der Zasiusstraße an. Dann legte er den Bolero von Ravel auf. In der Küche führte ihn sein erster Weg an den Kühlschrank. Ein kräftiger Schluck des legendären Selbstgebrannten sollte die restlichen Hemmungen wegspülen. Dann griff er ins Regal, klemmte sich zwei Weingläser zwischen die Finger, und mit einer Flasche Bordeaux in der anderen Hand tänzelte er zurück zu Corinna.
Als er den Korken mit einem satten „Plopp" aus der Flasche

zog, näherte sich der Bolero einem ersten Höhepunkt. Hämmerle goß die tiefrote Flüssigkeit in die langstieligen Gläser, und mit einem tiefen Blick prostete er seiner Eroberung zu. Corinna lächelte zurück. Er nahm einen kräftigen Schluck, richtete sich auf und lehnte sich zu ihr hinüber.

Urplötzlich wurde ihm ganz schwindelig, und es begann mörderisch in ihm zu rumpeln. Gerade noch rechtzeitig konnte er den letzten Schluck Roten wieder zurück in den Magen würgen. Er stürzte ins Bad und riß den Klodeckel auf. Mit der Urgewalt der Natur bahnten sich vier Viertele Heidelbeerwein, zwei Apfelpfannkuchen, der Selbstgebrannte und der Bordeaux ihren Weg zurück in die Freiheit. Schweißgebadet kniete Hämmerle über der Klobrille und ächzte gequält. Er sank neben die Schüssel. Wenig später fiel er in einen tiefen Schlaf.

Schwarzer Freitag

Der Morgennebel hing noch über Freiburg. Weiße Dunstschleier lagen auf den Dächern der Breisgau-Metropole. Es war kurz nach sieben. Langsam erwachte der Tag. Vor dem McDonald's im Martinstor lagen die Plastik-Müllberge vom Vorabend. Glasscherben pflasterten den Gehsteig zum Subway. Die Bäckereien hatten gerade aufgemacht. An der Salzstraße gab es die ersten Zeitungen.

Wie jeden Morgen um diese Zeit war der Bertoldsbrunnen der belebteste Platz Freiburgs. Die Werktätigen wechselten Busse und Straßenbahnen, um an ihren Arbeitsplatz zu kommen. Die ersten Lieferwagen brachten frische Waren in die Innenstadt.

Nur wenige Meter weiter auf dem Münsterplatz ging es ruhiger zu. Die Bauern waren noch auf dem Weg vom Kaiserstuhl oder vom Tuniberg in die Stadt, um auf dem Wochenmarkt Obst und Gemüse zu Höchstpreisen an die ökologisch trainierten Freiburger Hausfrauen zu verkaufen.

Die Marktfrau Josephine gehörte zu den ersten, die mit ihrem Lieferwagen über das Kopfsteinpflaster der Engelgasse zum Münsterplatz rumpelte. Ihr Stand war gewöhnlich direkt vor dem Münsterturm, gerade zwischen Bauern- und Händlermarkt. Josephine hatte in der letzten Nacht wenig geschlafen. Sie war, sozusagen im Nebenberuf, Kolumnistin eines Freiburger Wochenblattes, in dem sie sich regelmäßig über die Rathauspolitik ausließ. Und das, was gerade anstand, war ein Thema, das sie nicht nur als Chronistin der

Freiburger Lokalpolitik, sondern darüber hinaus auch noch als unmittelbar Betroffene anging. Eine Jahrhunderte, wenn nicht gar Jahrtausende, zumindest aber 875 Jahre alte Tradition stand zum Ausverkauf an. Verrat! Wenn nicht gar mehr. Darum ging es. Josephines Blut geriet in Wallung, wenn sie nur daran dachte. Der gesamte Wochenmarkt sollte privatisiert werden, die Händler ausgepreßt wie Zitronen, die Bauern an den Rand des Ruins getrieben. Was die EU nicht geschafft hatte, würde jetzt die Freiburger Stadtverwaltung besorgen. Allein der Gedanke, daß demnächst Freiburgs oberster Wirtschaftsförderer hier der Hausherr sein sollte, trieb Josephine den Angstschweiß auf die Stirn. Wie sollte man da noch objektiv bleiben! Manchmal war ihre Kolumne für sie eine wirkliche Belastung, und sie wünschte sich, daß ihre Beiträge tatsächlich von diesem Kneipentester geschrieben seien, wie immer wieder behauptet wurde. Außerdem hatte ihr die ganze Nacht die Schlachtplatte vom Vorabend im Magen gelegen.

Eigentlich war Josephine dankbar, daß ihr Marktstand hier unter dem schönsten Turm der Christenheit war. Aber heute würdigte sie ihre Umgebung mit keinem Blick. Grummelig und leise vor sich hin schimpfend baute sie ihren Stand auf und lud die Gemüsekisten aus. Ein Windstoß fegte ihr den Stapel alter Konradsblätter, in die sie ihre Waren einwickelte, vom Tisch. Fluchend rannte sie hinter den gedruckten Worten ihres Bischofs Oskar her. Einige Blätter konnte sie am Georgsbrunnen aufklauben, die meisten waren um die Südwestseite des Münstertums geweht worden.
Mitten im Lauf erstarrte Josephine. Auf dem Kopfsteinpfla-

ster, nur wenige Meter westlich des Hauptportals, lag die zerschmetterte Leiche eines Mannes, die Glieder seltsam verrenkt, eine riesige Blutlache unter dem Kopf. Josephine stieß einen gellenden Schrei aus. Bei dem Anblick von soviel Blut hatte selbst sie, die erfahrene Bauersfrau, Mühe, die Reste der fetten Schlachtplatte im Magen zu behalten. Sie näherte sich vorsichtig der Gestalt auf dem Boden und stupste sie mit dem Fuß in die Seite. Keine Reaktion. Der Mann war tot.

Auch für Jean-Marie Hämmerle begann der Freitag schlecht. Er lag im Tiefschlaf auf den kalten Fliesen seines Badezimmers hoch über der Zasiusstraße und quälte sich dem Tag entgegen. Sein Ächzen unterbrach die Stille in regelmäßigen Abständen. Hin und wieder öffnete sich sein herzförmiger Mund, als wollte er was Süßes schnappen. Der kugelrunde Kopf war leicht zur Seite geneigt und lehnte an der Duschwanne.

Ein schrilles Klingeln riß ihn aus seinen Alpträumen. Hämmerle schnellte hoch und knallte mit dem Kopf unter das Waschbecken. Der Schlag brachte ihn halbwegs zurück ins Hier und Jetzt. Ein Blick auf die Uhr zeigte die allzu frühe Stunde an. Es war kurz nach sieben. In Jean-Maries Schläfen begann es zu pochen. Was war eigentlich los? Können Haare weh tun? Warum lag er hier im Badezimmer? Und warum steckte er immer noch in seiner Standardkluft? Nur die obligatorischen Birkenstocksandalen waren ihm von den Füßen gerutscht.

Das Klingeln dauerte an. An sich kannte Hämmerle niemanden, der um diese Zeit noch hätte wach sein können. Einzig seinem Freund Dieter Pikulski wäre eine solche Wahnsinnstat zuzutrauen gewesen. Doch Dieter hatte gerade für die beiden schönsten Wochen des Jahres seinen Platz hinter der Theke des Freiburger Nachtclubs Belle Epoque mit einem Stammplatz vor der Theke in einer Bar des Club Mediterranée vertauscht.

Mühsam wälzte Jean-Marie seine 235 Pfund hoch, rieb sich die leicht bordeauxrote Nase und klaubte seine Nickelbrille vom Duschvorleger. Er nestelte sein schütter wallendes Haar im Nacken zusammen und bändigte es mit dem üblichen roten Küchengummi.

Auf dem Weg durch den winzigen Flur fiel sein Blick durch die Wohnzimmertür auf eine halbleere Rotweinflasche und zwei gebrauchte Gläser.

Mein Gott, flüsterte Hämmerle und schlug für einen Moment die Hände vors Gesicht: *Corinna...* Er erinnerte sich wieder.

Das Klingeln wurde langsam penetrant. In den schrillen Ton mischte sich ein Geräusch, das an einen Preßlufthammer erinnerte. Jean-Marie riß die Wohnungstür auf. Ein höllisches Stakkato lärmte auf ihn ein. Er starrte ins Leere. In Augenhöhe war nichts zu sehen. Sein Blick irrte umher, um schließlich an einem Ding in 1,55 Meter Höhe hängenzubleiben.

Das Ding erinnerte Hämmerle an die Kids, die immer in Trauben vor dem Subway hingen und die er gewöhnlich aus einem Fenster des Schlappen mit Befremden beäugte: unter der schwarzen Baseball-Kappe mit dem Schild im Nacken der stoppelkurze Rest einer Frisur; ein riesiges schwarzes

Sweat-Shirt, so groß, daß sogar er darin mühelos Platz gehabt hätte; die Jeans viermal umgekrempelt; und dann diese Schuhe, Booten gleich in ihrer Überdimensionalität, so daß es eigentlich ein Rätsel war, warum sie den Kids nicht von den Füßen fielen, wo sie nicht geschnürt waren und die Bändel auf dem Boden schleiften. Ungewöhnlich allerdings war, daß das Ding vor ihm einen Bügel über der Baseball-Kappe trug und abartig lärmte.

Moggän, Onkel Jean-Marie!! brüllte das Ding. *Willse mich nich reinlassen, ey?*

Ohne eine Antwort abzuwarten, schnappte sich das Ding einen riesigen Seesack und quetschte sich an Jean-Marie vorbei in den Flur.

Wo issn hier der Kaffee? Das Ding schmiß seinen Seesack auf einen leeren Vogelkäfig, der neben einem Stapel ungelesener BZ-Lokalteile, nicht zurückgegebener UB-Literatur und leicht müffelnder Wäsche stand. Da und dort lugte das bekannte Playboy-Häschen hervor. Während Hämmerle versuchte, die Männer-Magazine so unauffällig wie möglich mit dem Fuß in den Stapel zurückzuschieben, riß sich das Ding den Kopfhörer des Walkmans von der Mütze. Eine Lärmwelle schwappte über Jean-Marie hinweg. Dann war Stille. Aber nur kurz:

Mann, sieht dat hier aus, Deine Schwester würd 'nen Schlach kriegen, wenn sie dat sehen könnte.

Bei dem Wort „Schwester" setzte sich Jean-Maries Hirn in Bewegung. Das Ding mußte Atze sein. Atze, der Sohn seiner Schwester Ursula, die es nach Bochum verschlagen hatte. Bochum! Das mußte man sich mal vorstellen.

Atze? fragte Jean-Marie vorsichtig.

Klar Mann, wat denks'n Du. Oder kennse mich nich mehr? Oh doch. Wenn das Atze war, dann kannte er ihn nur zu gut. Gesehen hatte er ihn eigentlich immer nur an Weihnachten, wenn sie sich alle in der Lahrer Reihenhaussiedlung bei Mutter Hämmerle einfanden. Das letzte Mal vor drei Jahren. Damals hatte der zwölfjährige Atze Jean-Marie die elektrische Eisenbahn aus Kindertagen ruiniert. Worauf Hämmerle seinem Neffen eine gescheuert hatte, was wiederum seiner Schwester Ursula nicht paßte und was zu einer handgreiflichen Aufarbeitung ihrer gemeinsamen Lahrer Jugend geführt hatte, bei der Ursula Jean-Marie vorgeworfen hatte, er, Jean-Marie, habe ihr, Ursula, ihre große Liebe, Arthur, mit seinem Gequatsche über ihre Knutscherei mit Manfred, habe also Arthur gewissermaßen, also, wie dem auch sei, auf jeden Fall sei Arthur daraufhin abgehauen und habe sie, die mit Atze schwanger war, sitzen lassen. Seitdem feierte Jean-Marie Weihnachten mit seinem Freund Dieter Pikulski im Jazzhaus.

Inzwischen hatte sich das Ding bis in die Küche vorgearbeitet. Das mußte tatsächlich Atze sein, ein echter Hämmerle. Ein kugelrunder Kopf mit Stupsnase und Sommersprossen, einem herzförmigen Kußmund und beachtlichen Segelohren. Ursula wie aus dem Gesicht geschnitten.

Wo kommst Du denn her? fragte Jean-Marie.

Ich war bei Omma. Und gezz hab ich gedacht, ich besuch' Dich mal. Ich hab' noch 'ne ganze Woche Ferien.

Hämmerle sackte auf den Küchenstuhl:

Und wo willst Du hin?

Wieso?

Na, ich mein', Du willst doch wohl irgendwo hin?

Ich denk', ich kuck mir Freiburch mal an. Töter als Lahr kann's ja auch nich sein. Und Omma hat gesacht, bei Dir is Platz.

Es gibt Nachrichten, auf die kann man angemessen nur mit einem Selbstgebrannten reagieren. Hämmerle schlappte zum Kühlschrank und nahm einen tiefen Zug aus der Flasche. Er dachte nach: Atze rausschmeißen hieß Zoff mit Mutter Hämmerle. Und Zoff wollte Jean-Marie nicht riskieren. Man hat ja nur eine Mutter. Aber daß Atze dablieb, war auch nicht drin. Es konnte nur die Flucht nach vorne helfen. Atze mußte freiwillig gehen. Jean-Marie griff an:

Na prima, Atze. Ich zeig' Dir die Stadt gern. Es gibt hier unheimlich viel zu sehen. Seine Stimme wurde sanft. *Und weißt Du, ich find' es einfach toll, wenn sich junge Menschen noch für die abendländische Kultur begeistern können. Super, sag' ich Dir. Das wird sicher Spitze.*

Du, ey... Atze versuchte, einzugreifen. Aber Jean-Marie machte unbeirrt weiter:

Zunächst mal mußt Du eines wissen, Atze. Freiburg ist die Münsterstadt. Bei dem Wort „Münster" ging Hämmerles Stimme in ein Säuseln über. *Wenn wir uns Freiburg ansehen wollen, dann müssem wir mit dem Herzen der Stadt beginnen. Mit dem Münster Unserer Lieben Frau. Ich sag' Dir, Atze, so was hast Du noch nicht gesehen. Es heißt nicht umsonst, das Münster habe den schönsten Turm der Christenheit. Quasi steingewordene Geschichte oder so. Ich würde sagen, das fetzt regelrecht.* Für einen Augenblick stockte Jean-Marie, fing sich dann aber wieder:

Echt stark, sag' ich Dir. Die Grablege der Zähringer hat dort schon um Zwölfhundert begonnen. Und der absolute Ham-

mer ist, daß im Bericht von der Kreuzzugsreise des Heiligen Bernhard von Clairvaux sogar die Rede davon ist, daß Bernhard am 3. und 4. Dezember 1146 im Münster gepredigt hat. Und dann das Historische Kaufhaus, für das hat Sixt von Staufen den Schmuck entworfen. Natürlich gibt es da noch jede Menge historischer Bauten. Das Alte Rathaus von 1561. Die Gerichtslaube ist sogar vor 1303 erbaut worden. Und 1498 hat sich dort der Reichstag versammelt. Im Schwarzen Kloster lebten früher die Ursulininnen. Da sind natürlich Martinstor und Schwabentor. Und im Augustiner Museum gibt es eine wunderschöne Teppichsammlung aus dem Mittelalter. Aber das wirst Du ja alles sehen. Wir haben ja Zeit.

Ey, hör mal, Mann... ging Atze dazwischen. Doch Jean-Marie ließ seinem Neffen keine Chance:

Nein, Atze, Du brauchst mir nicht zu danken. Das tu' ich doch gern für Dich. Was glaubst Du, wie Mama sich freut, wenn sie erfährt, daß wir uns so gut verstehen und auch noch die gleichen Interessen haben. Ich sag' ja immer, ein Hämmerle und die Kultur, das ist wie Brot und Butter. Aber erstmal mache ich Dir eine schöne warme Milch, und dann gehen wir los.

Hämmerles Heimatkunde

Auf dem Weg zum Herzen der Stadt verzeichnete Atze einen ersten Teilsieg. Dummerweise hatte Hämmerle den Weg durchs Martinstor gewählt, um seinem Neffen einen ersten Eindruck von einer typischen Zähringerstadt zu vermitteln. Er setzte gerade zu langatmigen Erklärungen über den ältesten erhaltenen Wehrturm der mittelalterlichen Befestigung aus dem dreizehnten Jahrhundert an. Plötzlich war Atze verschwunden. Jean-Marie blieb stehen und sah sich um. Ungefähr zwanzig Gestalten, die alle aussahen wie sein Neffe, lungerten vor dem McDonald's herum. Eine leise Ahnung beschlich Jean-Marie. Er drängelte sich mühsam an den Kids vorbei und starrte durch die Fensterscheiben. Und tatsächlich, in einer der Schlangen vor der Theke stand Atze. Jean-Marie atmete tief durch und betrat angewidert das Lokal. Schließlich kam seine Großmutter aus dem Elsaß nahe Straßburg. In seinen Kindertagen hatte der kleine Jean-Marie seine Ferien oft in Blaesheim verbracht. Seine Großmutter gehörte zu den Frauen, die die elsässischen Traditionen hochhielten. Dazu gehörten sonntags ein Coq au vin und als Nachtisch ihr berühmter Apfelkuchen mit einem dicken Eierguß, nach Vanille duftend, mit Mandeln und Sahne...

Jean-Marie arbeitete sich bis zu Atze vor und zupfte seinen Neffen am Ärmel:

Du willst doch hier nicht etwa...

Aber zu spät. Atze hatte schon bestellt. Sein Kindergesicht

glänzte vor Begeisterung. Seiner Bestellung nach zu urteilen, hing dem Jungen der Magen auf den Socken.
Zwei Big Mäc, zwei Cola und drei Portionen Pommes später wischte sich Hämmerle mit dem Handrücken den Mund ab:
Sag mal Atze, ißt Du die Pommes noch?
Ohne eine Antwort abzuwarten, angelte Jean-Marie nach den fettigen Kartoffelstäbchen seines Neffen.
Cool, Mann, schling' doch nich so. Du has' doch selbst gesacht, wir ham Zeit.
Wieso? Heißt doch fast food, oder? Hämmerle lachte albern. *Man muß ja alles mal ausprobieren. Schließlich verschwinden durch diese Fleischklopse täglich mehrere hundert Quadratkilometer Regenwald. Und je eher das Zeug weg ist, desto besser.*

Nach etlichen Schlenkern durch Freiburgs Innenstadt kam Jean-Marie schließlich zur Sache. Mit Atze im Schlepptau keuchte er die enge Wendeltreppe des Münsterturms hinauf. An sich waren Treppen, zumal enge Wendeltreppen, nicht gerade Hämmerles bevorzugte Aufenthaltsorte. Aber in diesem Falle heiligte der Zweck die Mittel, auch wenn die Anstrengung für ihn nahezu übermenschlich war. Als die beiden nach über einhundert Stufen in der Turmstube ankamen, war Hämmerle nur noch ein Schatten seiner selbst: schweißgebadet, mit hochrotem Kopf und vor allem zu keinem Wort mehr fähig. Atemlos hing er über dem Tisch des Turmwächters und hielt zwei gestreckte Finger in die Höhe.
Sind Sie sicher, daß Sie noch höher 'raufwollen? Die Stimme des Zahlmeisters klang besorgt. Jean-Marie konnte nur nicken. Das Nicken bestätigte einen der seltenen Fälle, in

denen bei ihm die Kraft des Geistes über die angeborene Trägheit siegte. Und immerhin war es auch für ihn irgendwie eine Premiere. Zum ersten Mal nach drei Jahrzehnten war er wieder auf dem Münsterturm. Die Erstbesteigung mit seiner Lahrer Grundschulklasse war ein Debakel gewesen. Man hatte ihn, den kleinen dicken Jungen mit der Brille und dem Stoppelhaar, trotz seines heftigen und tränenreichen Widerstandes, im Namen einer menschenverachtenden Heimatkunde und unter dem boshaften Gelächter seiner Mitschüler regelrecht die Stufen hochgezerrt.

Nach dem Turmwächterstübchen begann der eigentliche Anstieg. Die Stufen wurden höher, die Treppen enger, die Ausblicke auf den Münsterplatz schwindelerregend. Vor allem die Enge war es, die nun zu schaffen machte. Die mittelalterlichen Turmbaumeister hatten natürlich nicht mit den Touristenströmen des ausgehenden zwanzigsten Jahrhunderts gerechnet. Und so kam es immer wieder zu regelrechten Verstopfungen, wenn die aufsteigenden auf die absteigenden Massen trafen. Während sich die einen an den Außenmauern hinabquetschten, drückten sich die anderen bewegungslos an die Innenwand.

Jean-Marie und Atze waren einer amerikanischen Besuchergruppe gefolgt. Einige Stufen ging es relativ zügig voran. Dann kamen ihnen Leute auf dem Weg nach unten entgegen. Jean-Marie tat es den beiden Mädchen vor ihnen nach. Er drückte sich, so gut es mit seinem Bauch eben ging, an die Innenwand der Treppe. Diverse Rucksäcke scheuerten ihm den Hintern entlang. Hämmerle sah sich um. Unter ihm die bunten Schirme des Münsterplatzes, Menschengewusel, entfernte Stimmen. Dann ging sein Blick nach oben. Das Mädchen über ihm trug einen weißen Slip unter dem Minirock. Deutlich war „Tuesday“ auf dem Stoff zu lesen. Doch heute war Freitag...

Noch oben auf der Plattform grübelte Jean-Marie über das Verhältnis von Zeit und Raum nach, das ein so relatives war. *Siehst Du Atze,* keuchte er und streckte einen dicken Zeigefinger in Richtung Dreisameck, *da war einmal, vor langer Zeit, der Raum, von dem aus wir die ganze Welt verändern wollten, also relativ gesehen. Wir haben damals noch an etwas geglaubt, wir wollten die Stadt retten vor den Immobilienhaien, die nach und nach unser gutes altes Freiburg zugrunde gerichtet haben. Das Ergebnis kannst Du ja sehen.* Hämmerle machte eine weit ausholende Bewegung.
Ich find's geil hier oben, quietschte Atze. *Obercoole location für'n Rave. Meinste, hier kann man auch nachts hoch? Dat stell' ich mir kultich vor.*
Also, die Feten im Dreisameck, sag' ich Dir, die waren klasse. Da könnt Ihr mit Eurem Gedröhne einpacken. Wir haben nächtelang diskutiert und Resolutionen entworfen, die wir dann am nächsten Tag dem Oberbürgermeister Keidel vorgeknallt haben. Das wurde dann im Gemeinderat diskutiert, und wir saßen mit unseren Transparenten auf der Empore. „Hände weg vom Dreisameck!“ und so.
Und?
Was und?
Na, hattet wat gebracht?
Es war eine tolle Erfahrung. Da zehren heute noch manche davon. Sowas erlebt man heutzutage ja nicht mehr. Heute ist

ja quasi Grabesstille eingekehrt in der Politik. Ist ja auch kein Wunder. Jean-Marie musterte Atze und kräuselte die Stirn. *Heute sind ja die Gedanken so kurz wie die Haare. Aber, Atze, bei Dir ist das ja anders.* Jean-Maries Stimme wurde väterlich. Er klopfte seinem Neffen auf die Schulter. *Du bist eben doch ein echter Hämmerle. Du interessierst Dich ja zum Glück noch für Kultur und Geschichte. Dort hinten,* er deutete über die rote Dachlandschaft der Altstadt, *dort ist zum Beispiel das Stadttheater. Wenn Du möchtest, können wir uns dort heute abend eine Operette anhören. Ich glaube, „Der Vetter aus Dingsda" läuft gerade.* Hämmerle stupste Atze in die Seite. *Hört sich doch fast so an wie „Der Neffe aus Bochum".* Er wieherte gekünstelt. *Dort drüben, die silberne Kuppel, das ist das Planetarium. Die machen waaahnsinnig interessante Sachen, so über Zeit und Raum und so. Da kannst Du die Sternlein quasi singen hören. Dahin könnten wir auch. Der Chef ist übrigens mein Freund. Toller Typ. Kocht wie ein Gott. Spätzle im Wok mit Nasi Goreng und so. Quasi interkulturell. Da hinten das große freie Feld, das ist der Freiburger Flugplatz. Da gab's vor kurzem so'ne Art Volksabstimmung drüber, ob der Flugplatz abgeschafft werden soll oder nicht. Da hast Du Prospekte gekriegt, ich sag' Dir, das war der geballte Schwachsinn. Da haben plötzlich die Reaktionäre geredet wie Greenpeace-Aktivisten. Von wegen Grünflächen erhalten und so. Da hinten am Berg liegt Herdern. Da wohnen die Großkopfeten, die Kapitalisten quasi, die in Freiburg das Sagen haben.*

Atze wurde langsam ungeduldig. Unruhig trat er von einem Bein aufs andere:

Ich muß mal aufs Klo.
Bei dem Wort „Klo“ und der Erinnerung an die vergangene Nacht traten Hämmerle erneut die Schweißperlen auf die Stirn. Soviel stand fest, er mußte mit Corinna reden. Aber darüber konnte er jetzt nicht nachdenken. Erstmal galt es, sich Atze vom Hals zu schaffen. Solange der Bengel da war, konnte er die Sache mit Corinna sowieso vergessen:
Gut Atze, dann gehen wir jetzt gaaanz langsam wieder runter. Wir haben ja noch viel vor.

Ungefähr zwei Stunden später war Atze am Ende seiner Kräfte. Sein Onkel hatte ihn vollgequatscht mit Spitzbögen, Rosettenfenstern und Säulenkapitellen, hatte ihm die gotische S-Linie erklärt und die sieben klugen und die sieben törichten Jungfrauen, eines von Hämmerles Lieblingsthemen, hatte ihm eine durchaus gehaltvolle Einführung in die Theologie des Heiligen Bernhard von Clairvaux geliefert, wobei Atze versucht hatte, sich unauffällig aus dem Staub zu machen. Nur vom gemeinsamen Beten eines Rosenkranzes konnte er seinen Onkel mühsam abbringen, was ihn allerdings eine Opferkerze gekostet hatte. Die jedoch schien zu wirken. Am Bertoldsbrunnen sah Atze Licht am Ende des Tunnels. Während Jean-Marie gerade von einer legendären Demo gegen die Fahrpreiserhöhung der Freiburger Verkehrs AG schwärmte, einem Höhepunkt in seiner politischen Karriere, bei der er sogar einen Polizisten von hinten mit der Faust bedroht hatte, machte sich Atze aus dem Staub und verbarg sich in einer Gruppe völlig gleich aussehender Kids, die am Bertoldsbrunnen die Schule schwänzten. Nach einigen Minuten angestrengten Suchens gab Hämmerle auf.

Schließlich gemahnte ihn der Blick auf die Uhr des Martinstores an die bevorstehende Nachmittagsschicht bei der Freiburger Taxizentrale.

Das mit den Touristen wird auch immer schlimmer. Der Platz vor dem Hauptbahnhof war gähnend leer. Der IC aus Hamburg hatte Verspätung. *Kein Wunder, daß sich der Hotel- und Gaststättenverband ständig beklagt. Dabei sieht der Schwär gar nicht so aus, als würde es ihm schlecht gehen, was Jean-Marie? Der kämpft doch auch in Deiner Gewichtsklasse.*
Hämmerle ignorierte die anzügliche Bemerkung seines Taxikumpels:
Dafür beuten die ihre Angestellten aus.
Seine Kollegen grinsten in sich hinein. Einer wechselte vorsichtshalber schnell das Thema:
Habt Ihr eigentlich mitgekriegt, was heute morgen auf dem Münsterplatz los war?
Hämmerle schüttelte den Kopf.
Sein Kollege erzählte:
Da hat es einen vom Turm gehauen. Ich kann euch sagen, der ganze Münsterplatz war voller Blut. Echt übel.
Wieso? Warst Du dabei? Für Sensationen war Jean-Marie immer zu haben.
Ich hab' den Polizeifunk abgehört.
Und? Langsam erwachte in Hämmerle der erprobte Hobbydetektiv. Die Sache mit dem Freiburger Katzenkiller hatte ihn zum Spezialisten für knifflige Fälle gemacht. Zwar hatte er sich damals bei der Lösung ziemlich verhauen, aber trotzdem.

Nichts Genaues weiß man nicht. Es kann Selbstmord gewesen sein, aber angeblich gibt es auch Indizien, die für einen Mord sprechen könnten. Oder für einen Unfall. Auf jeden Fall ist die Sache ziemlich komisch.

Jetzt wurde es wirklich interessant. Ausgerechnet in diesem Augenblick kam Kundschaft für Jean-Marie. Eine Gruppe dicker Amerikaner steuerte zielstrebig auf sein Taxi zu. Der Anführer der Clique riß die Tür zum Beifahrersitz auf und ließ sich ohne ein Wort zu sagen neben Jean-Marie in den Sitz plumpsen. In solchen Fällen pflegte er seine Fahrgäste durch einen kleinen Umweg gewissermaßen zu bestrafen. Vorausgesetzt, er konnte sicher sein, es handelte sich um Ortsunkundige.

Eine Frau sieht rot

Am Abend klingelte das Telefon in der Zasiusstraße. Hämmerle kam Atze zuvor und angelte nach dem Hörer. Am anderen Ende der Leitung war Corinna. Sie kam gleich zur Sache:

Ich wollte nur mal hören, wie's Dir geht.

Jean-Marie räusperte sich:

Das ist aber nett von Dir, daß Du anrufst, flötete er.

Atze verdrehte die Augen und schmatzte feixend Küsse in die Luft. Seine Finger zogen die Linie eines imaginären Frauenkörpers nach. Hämmerle machte eine stumme Geste mit dem Kinn und zeigte auf die Tür. Atze rutschte tiefer in den Sessel. Wütend starrte Jean-Marie ihn an. Dabei flötete er weiter:

Nein, nein, Du, ist alles wieder in Ordnung... Da muß 'n Glas vom Heidelbeerwein schlecht gewesen sein... Ist mir sonst noch nie passiert... Wie?... Nein, Du kannst ja nichts dafür, Du bedienst da ja nur... Find ich auch... Kommt darauf an. Hämmerle warf einen Blick auf Atze. *Wann?... Könnte hinhauen... Ich würde das Litfass vorschlagen... Gut, wir sehen uns dann.* Er legte auf.

Gut, könnte hinhauen. Atze piepste in den höchsten Tönen. Dabei wackelte er mit seinem kleinen Hintern. *Du kannst ja nichts dafür. Da muß ein Glas vom Heidelbeerwein schlecht gewesen sein.* Atze kicherte schier endlos. *Dat sacht Mammas Freund auch immer.*

Hämmerle war auf Hundertachtzig. Er kochte vor Wut.

Seine Stirnadern waren gefährlich angeschwollen. Er starrte Atze an. Der hatte die Gefahr erkannt:
Is ja gut Mann, cool Mann, wiegelte er ab. *War ja nich so gemeint. Dann geh'n wir heute abend also noch wech?*
Von „wir" kann hier keine Rede sein, schnauzte Jean-Marie. *Wenn hier einer geht, dann bin ich das.*
Wenn Omma dat erfährt, dat du mich hier in der Großstadt alleine läßt, is die stinkesauer.
Da war was dran. Hämmerle zückte schweren Herzens sein Portemonnaie und zog einen Zwanzigmarkschein hervor. Nachdem er noch einen Zehner draufgelegt hatte, war Atze bereit, den Abend alleine zu verbringen.

Als Jean-Marie die Tür zum Litfass in der Moltkestraße öffnete, war Corinna schon da. Sie saß im winzigen Gastraum unter dem großen Spiegel. Hämmerle lächelte charmant in ihre Richtung, begrüßte die Runde am Stammtisch und die Wirtin Dina mit einem vertrauten Nicken und setzte sich zu Corinna. Er blickte sie erwartungsvoll an, nickte aufmunternd und schwieg. Corinna schwieg auch.
Hämmerle räusperte sich:
Dina, ich nehm' eine große Apfelschorle.
Bist Du krank, oder was ist los? Dina staunte. *Ist doch sonst nicht Deine Art.*
Während die zierliche blonde Wirtin die Apfelschorle zusammenbraute, schwiegen Hämmerle und Corinna sich weiter an.
Mein Gott, seid Ihr aber heute gesprächig. Dina setzte die Apfelschorle vor Hämmerle ab. Dann rauschte sie davon.
Du...

Also...

Ich wollte Dir nur sagen, Corinna griff einfach nach Hämmerles Hand, *das muß Dir überhaupt nicht peinlich sein mit gestern. Kann doch jedem passieren. Viele große Geister haben doch auch mal einen über den Durst getrunken.*

Genau. Es gab begnadete Trinker. Hämmerle zählte sie für Corinna auf: *Hemingway, Genet, Bukowski, selbst Goethe soll ab und zu mächtig einen gelötet haben. Im Grunde alle, die geistig was zusammengebracht haben. Wenn ich da nur an Platons Gastmahl denke. Wenn man das mal nachtrinkt...*

Jean-Marie pfiff anerkennend durch die Zähne.

Weißt Du, was mir an Dir so gut gefällt? unterbrach Corinna Hämmerles Gedankenfluß. Sie machte eine Pause:

Du bist so klug.

Jean-Marie war geschmeichelt. Endlich, nach langer Zeit, war da jemand, der ihn sofort durchschaut hatte.

Wenn wir an der Uni so einen Prof wie Dich hätten...

Also eine Zeitlang hab' ich schon überlegt, in die Wissenschaft zu gehen. Aber weißt Du, dieser öde Uni-Betrieb ist für einen, der den Dingen wirklich auf den Grund gehen will, viel zu oberflächlich. Da hockt man doch nur seine Zeit ab, das war mir jungem Feuerkopf einfach zu wenig. Du bist doch mehr damit beschäftigt, die Studenten zu verwalten, als sie zu unterrichten. Und als Querdenker eckt man in diesen Kreisen eh überall an.

Corinna nickte und schwieg beeindruckt.

Na, Herr Professor, darf's noch eine Apfelschorle sein? Dinas Mundwinkel zuckten, als sie auf ihrer Runde durchs Lokal am Tisch vorbeikam.

Hast Du auch noch habilitiert? Corinna staunte noch mehr.

Jean-Marie geriet in einen leichten Erklärungsnotstand:
Ich habe mich quasi eher für den schwierigen Weg des Privatgelehrten entschieden, sozusagen, ich meine...
Fährst Du deshalb Taxi?
Auch. Aber in erster Linie ist das Taxifahren eine Schule des Lebens. Gelebte vita activa, wenn Du verstehst, was ich meine. Quasi Metaphysik. Ein großes Gleichnis für das Leben. Da steigt einer in Deinen Wagen, Ihr fahrt ein Stück zusammen, und dann stehst Du wieder am Bahnhof und wartest...

Gegen halb zwölf lief in Hämmerles Wohnung wieder Ravel. Jean-Marie saß, den Arm um Corinnas Schulter, neben ihr auf dem Sofa. Den ganzen Abend über hatte er seine sonst üblichen Trinkgewohnheiten stark vernachlässigt. Jetzt drückten ihn drei Liter Apfelschorle auf die Blase und trieben ihn in Minutenabständen aufs Klo. Kein Wunder, daß sich die Sache so lange hinzog. Corinna war noch nicht einmal dazu gekommen, Jean-Marie zu küssen. Kaum saß er, lief er auch schon wieder fort. In den kurzen Pausen dazwischen mußten die beiden immer wieder von vorn anfangen. Irgendwann ließ der Druck dann nach. Die Pausen wurden länger. Die Finger hatten sich zu einem schier unentwirrbaren Knäuel verflochten, ein gordischer Knoten d'amour. Corinna seufzte.
Tach auch! Jean-Marie fuhr hoch. Atze stand mitten im Zimmer und grinste. Offensichtlich waren ihm solche Situationen nicht fremd:
Laßt Euch nur nich stören, ich hau mich ma hin. Atze setzte

sich mit aufs Sofa.
Jean-Marie sah Corinna hilflos an:
Das ist Atze, mein Neffe. Der ist gerade zu Besuch.
Corinnas Mundwinkel zuckten. Sie erwiderte Jean-Maries Blick erwartungsvoll. Schließlich war da noch das Schlafzimmer...
Hämmerle geriet in leichte Panik. Sollte er etwa mit Corinna... während im Nebenzimmer sein Neffe mit riesigen Ohren an der Wand hing? Ganz zu schweigen davon, was Mutter Hämmerle dazu sagen würde. Jean-Marie als Verführer und Verderber blutjunger Mädchen. Das konnte er seiner Mutter nicht antun. Schließlich hatte sie immer noch hart daran zu knabbern, daß ihr Junge damals die sichere Priesterlaufbahn abgebrochen hatte, um ein grundlegendes Werk über die Bedeutung der frühchristlichen Zahlenmystik und ihre Auswirkungen auf die moderne Mathematik unter besonderer Berücksichtigung der binären Logik zu verfassen. Ein Opus, auf das sie und die Fachwelt immer noch warteten.
Hämmerle gähnte gekünstelt und sah wie unabsichtlich auf die Uhr:
Is ja auch schon ziemlich spät. Corinna wollte sowieso gerade gehen.
Jean-Marie stand auf, verschwand kurz im Flur und kam dann mit Corinnas Jacke zurück:
Soll ich Dich noch fahren?
Danke, knallte es. *Ich nehme ein Taxi.*

Der Verdacht

Atze zeigte sich erst wieder am späten Samstagvormittag. Sein Onkel saß in der Küche, trank Kaffee und las die Badische Zeitung.

Jean-Marie war sauer. Er würdigte seinen Neffen keines Blickes. Die halbe Nacht hatte er wütend im Bett gelegen und darüber nachgedacht, wie er die Brut seiner Schwester loswerden sollte. Nachdem sogar der geballte Kulturterror von gestern nichts geholfen hatte, fiel ihm kein legales Mittel mehr ein.

Schweigend vergrub er sich hinter der Zeitung. Den Lokalteil hatte er wie immer mit spitzen Fingern aussortiert, auch wenn manche behaupteten, die örtliche Berichterstattung habe ein wenig gewonnen, seit dieser Ami mit den Stars-and-stripes-Hosenträgern der Lokalredaktion vorstand.

Atze goß sich Kaffee ein, schmierte sich Nutella auf eine Scheibe Brot und grabschte mit Schokoladenfingern nach den verschmähten Seiten der BZ:

Dat is ja 'n Ding, Atze schob noch ein Stück Stulle nach. Mit vollem Mund staunte er weiter. *Und Du sachs', hier is nix los, ey. Hier fallen sogar die Leute vom Dom.*

Jean-Marie blickte auf:

Zeig' mal her. Er griff nach den Blättern. *Im übrigen heißt der Dom hier Münster,* giftete er seinen Neffen an.

Beim ersten Blick auf die Lokalseite wurde Hämmerle blaß. Unter der Überschrift „Geheimnisvoller Todessturz" war das Bild seines neuen Freundes Hubert Echo zu sehen, den er am Donnerstag noch zusammen mit Georg Lieblich und Seil und Haken in den Schwarzwald gefahren hatte. Hämmerle begann zu lesen:

„Am frühen Morgen des gestrigen Tages wurde auf dem Münsterplatz die Leiche eines unbekannten jungen Mannes gefunden. Offensichtlich hatte der Mann in der Nacht versucht, auf den Münsterturm zu steigen und war dabei abgestürzt. Die Polizei vermutet, daß der Tote zu einer Gruppe von Profi-Kletterern gehört, die aus Abenteuerlust nächtens öffentliche Gebäude besteigen. Nach Auskunft der Polizei hat sich in Freiburg, wie in anderen deutschen Städten auch, eine regelrechte Szene entwickelt. Angeblich soll auf der Münsterspitze sogar ein Gipfelbuch existieren. Wie bereits berichtet (BZ vom 2.8.94), hatte der inzwischen verstorbene Dompfarrer Gerhard Heck in der vergangenen Zeit mehrfach die Bergwacht bezahlen und Strafanzeige gegen Unbekannt stellen müssen. Wer den Toten identifizieren oder sachdienliche Hinweise geben kann, wird gebeten, sich mit dem Polizeirevier Nord in Verbindung zu setzen."

Kennste den Typen etwa, Du siehs' ja plötzlich aus wie ausgekotzt? fragte Atze.
Jean-Marie ging zum Kühlschrank. Er brauchte einen Schluck vom legendären Selbstgebrannten, um seine Gedanken zu sortieren:
Klar kenn ich den, den hab' ich doch am Donnerstag im Taxi gehabt.
Boh. Atze war beeindruckt.
Der ist mit dem Zug aus Siegburg gekommen. Ich hab' ihn

nach Herdern gefahren, zu einem Freund. Und dann hab' ich die beiden, also ihn und seinen Freund, in den Schwarzwald gefahren. Die wollten da klettern. Waren echt okay, die beiden. Total gut drauf. Die kannten sich seit ihrer Studienzeit und waren schon überall klettern gewesen und so. Einmal sogar die Eigernordwand, haben sie erzählt. Die haben Geschichten erlebt, sagen sie, richtig gefährliche Sachen, wenn man sich da nicht auf den anderen verlassen kann, ist man geliefert. Wenn der Berg ruft, bist Du alleine nichts, haben sie immer wieder gesagt. So zu zweit, an einem Haken in der Steilwand, da halten nur zwei Dinge am Leben, das Seil und eine unverbrüchliche Bergkameradschaft. Aber Freundschaft ist ja für Dich anscheinend ein Fremdwort.

Manno, schöne Freunde.

Wieso? Hämmerle kratzte sich am Kopf.

Na hör' ma, wenn der einfach abhaut.

Wer?

Na, der andere da. Der haut einfach ab, ab haut der, und läßt den liegen.

Kannst Du nicht mal einen ordentlichen Satz sagen? giftete Jean-Marie.

Atze verzog sich schmollend mit der Zeitung in eine Ecke. Hämmerle grübelte vor sich hin. Der Groschen fiel bei ihm in Zeitlupe. Irgendwas war dran an dem Gequassel seines Neffen:

Also ich versteh' nicht ganz, worauf Du rauswillst.

Atze schwieg.

Jean-Marie beschmierte ein Brot dick mit Nutella und schob es Atze rüber. Der biß an.

Na hör' ma, kaute Atze, *wenn ich da runter fallen tät',* würd*ste mich da einfach liegen lassen und noch nich ma Omma Bescheid sagen?*
Das war momentan in gewisser Weise eine Gewissensfrage. Objektiv gesehen allerdings hatte der Junge recht. Jedenfalls legte der Vorfall nicht gerade ein Zeugnis für die Bergkameradschaft ab, von der Hubert und Georg im Taxi so geschwärmt hatten. Wie hatte Georg noch gesagt: Wir können uns hundertprozentig aufeinander verlassen. Das ist am Berg eine Frage von Leben und Tod. Und dann hatte Hubert Jean-Marie ein goldenes Amulett gezeigt, das er um den Hals trug. Innen war sein Name eingraviert, dazu einige Daten, Blutgruppe, Geburtsdatum und so. Und siehst Du, hatte Hubert gesagt, wenn mir mal was passiert, er drehte das Amulett um, dann steht hier noch Georgs Name, daß er informiert werden kann. Das ist unter alten Bergkameraden so üblich. Georg hat auch so eins.
Vielleicht isser ja auch allein hoch, unterbrach Atze sein Grübeln.
So ein Blödsinn. Erstens lautet die wichtigste Bergsteiger-Regel: Niemals alleine! Das haben die beiden auch gesagt. Und zweitens: Glaubst Du, der Typ kommt extra von Siegburg hierher zu seinem alten Kumpel und steigt dann alleine aufs Münster? Die sind da natürlich zusammen hoch.
Während Hämmerle redete, begann es in seinem kriminalistisch geschulten Hirn zu klingeln:
Gib mal die Zeitung her, sagte er. Während er den Artikel noch einmal überflog, wackelte er mit dem dicken Kopf.
Das ist ja echt'n Ding.
Wat denn?

Na hier, die wissen noch nicht mal, wie Hubert heißt. Müßten sie aber eigentlich. Jean-Marie gab eine Kurzfassung der Rührstory vom Amulett.

Und das, so beendete er die Geschichte, *bedeutet, jemand hat die Kette mitgenommen. Am Nachmittag hatte er sie nämlich noch dran. Und das kann eigentlich nur einer gewesen sein.* Jean-Marie sah seinen Neffen triumphierend an und stellte die entscheidende Frage:

Und jetzt frag ich Dich, Atze, warum hat dieser „eine“ seinen Kumpel da unten liegen lassen und ihm auch noch die Kette geklaut? Ich sag Dir, da ist was faul. Das stinkt doch zum Himmel. Dieser Georg war mir sowieso von Anfang an unsympathisch.

Du muß die Polizei anrufen, Onkel Jean-Marie! Atze stürzte sich aufs Telefon. Seine ohnehin noch vom Stimmbruch gebeutelte Stimme kippte vor Aufregung fast über.

Auf keinen Fall die Polizei! Jean-Marie hob beschwörend die Arme. *Wenn die da dran geht, ist der Fall in hundert Jahren noch nicht gelöst. Ich hatte da neulich so ‘nen Fall mit ‘ner gekreuzigten Katze, da hat mir auch keiner geholfen. Wer in diesem Land noch für Gerechtigkeit und Wahrheit ist, der muß sich quasi selbst darum kümmern. Ich sag’ nur „Kohlhaas“, Atze. Jean-Marie von Baskerville sozusagen, und Du machst den Assistenten. Am besten nehmen wir die Sache gleich in die Hand. Ich glaube, ich werde diesem Georg mal auf den Zahn fühlen.*

Die bleierne Zeit

Am späten Samstagnachmittag döste Herdern verschlafen vor sich hin. Hämmerle hatte mit dem zum Assistentenanwärter beförderten Atze im Benz der Taxizentrale Stellung vor Lieblichs Haus in der Wintererstraße bezogen. Nach zwei Stunden schweigenden Wartens wurde Atze quengelig:
Wie lange willse denn noch hier rumstehn?
Jean-Marie schreckte hoch. Für einen Moment war er doch glatt eingenickt:
Atze, die besten Detektive sind Geduld und Aufmerksamkeit. Anders kommst Du nicht ans Ziel. Du mußt Dein Opfer quasi weichkochen. Und dabei darfst Du es nicht aus den Augen lassen. Das ist wie mit dem Sauerbraten von Deiner Oma. Jean-Marie geriet ins Schwärmen. Der Sauerbraten seiner Mutter hatte es ihm seit jeher angetan. Selbstvergessen schnalzte er mit der Zunge und schloß wieder die Augen. Atze knallte ihm den Ellbogen in den Wanst:
Ey, da kommt wer, brüllte Hämmerles junger Assistentenanwärter.
Bist Du noch zu retten, mach doch nicht so'nen Krach, schnauzte Jean-Marie. *Du bist ja nicht mal für 'ne klassische Observierung zu gebrauchen. Da sind Stille und gespannte Aufmerksamkeit alles. Wer da Krach macht, hat gleich verloren.*
Trotzdem, Atze hatte recht. Soeben trat Georg Lieblich aus dem Haus. Er sah aus wie aus dem Ei gepellt. Designer-Jeans, Designer-T-Shirt, den Designer-Pulli lässig um die

Schultern. In der Hand mit dem Siegelring hielt er das obligatorische Handy. Die andere Hand lag locker auf der Schulter eines blonden Wesens, das Hämmerles Hormonspiegel massiv irritierte. Das Pärchen war bester Laune und lachte laut.

Hundert Punkte, murmelte Jean-Marie. *Oder sieht so einer aus, der gerade seinen besten Freund verloren hat? Ich sag' Dir Atze, das stinkt zum Himmel. Ich glaube, der steckt noch tiefer in der Sache drin, als ich bisher gedacht hab'. Vielleicht hat der verdammt gute Gründe, so fröhlich zu sein.*

Das Mädchen stöckelte neben ihrem Lover auf ein weißes VW-Cabrio zu. Jean-Marie starrte ihr auf den Hintern, über den sich ein enger Minirock spannte, der zartgebräunte Beine ohne Ende freigab.

Atze rutschte auf dem Beifahrersitz herum:

Und dat heiße Teilchen neben ihm, wer is dat? Trotz seines jugendlichen Alters verfügte Atze bereits über einschlägige Erfahrungen. Entgegen seiner sonstigen Gewohnheiten glaubte Hämmerle, seinem Neffen gegenüber den Moralapostel raushängen zu müssen:

Lernt man das bei Euch in der Schule, solche Ausdrücke? Ich glaube, ich muß mal mit Deiner Mutter reden.

Mamas Freund sacht dat auch immer.

Darüber hätte Jean-Marie gerne mehr erfahren. Daß sich freiwillig jemand für längere Zeit in der Nähe seiner Schwester aufhielt, konnte er sich beim besten Willen nicht vorstellen. Mal abgesehen davon, daß Ursula nach Jean-Maries Ansicht häßlich war wie die Nacht über Bochum, mit ihrem Übergewicht, den dünnen Haaren und dem herzförmigen Mund,

mit ihrer blöden Brille und den Sommersprossen, mal abgesehen davon benahm sie sich, als hätte sie die Weisheit mit Löffeln gefressen, nur weil sie Diplom-Pädagogin war, blickte aber in Wirklichkeit noch weniger, als ihre dicken Brillengläser vermuten ließen; und was sie ihm im Laufe ihrer gemeinsamen Lahrer Kindheit angetan hatte, würde er sowieso nie vergessen; all die dunklen, einsamen Stunden in der öffentlichen Toilette des Lahrer Stadtparks, wo sie ihn mit einem extra gekauften Vorhängeschloß regelmäßig eingesperrt hatte, um in Ruhe hinter den Büschen mit irgendwelchen verpickelten Kerlen rumzuknutschen, obwohl sie doch eigentlich auf ihren kleinen Bruder hätte aufpassen müssen. Daß die Sache nie aufgeflogen war, lag nicht an Jean-Maries kindlicher achtjähriger Güte und seinem angeborenen Harmoniewillen, sondern einzig und allein an Ursulas Drohung, ihm eine Glatze zu rasieren, was seit alters her die Strafe für Verrat gewesen sei.
Aber im Moment war keine Zeit für Fragen. Lieblich ließ den Motor seines Cabrios aufheulen. Als der Benz endlich vorgeglüht hatte, war das Pärchen schon mit quietschenden Reifen hinter der nächsten Ecke verschwunden.
Lieblich steuerte auf direktem Weg die Schwarzwaldstraße an. Kurz vorm Mösle bogen die beiden zum Waldsee ein. Hämmerle stöhnte gequält auf. Auch das noch.
Sein Freund Pikulski pflegte seine neuen Eroberungen regelmäßig durch einen Ausflug zu dem idyllischen Waldsee in die richtigen Schwingungen zu versetzen. Im letzten Sommer war Hämmerle unfreiwillig Zeuge einer solchen Verführungsszene geworden. Pikulski hatte seinen Freund mit eingeladen, um dem Ganzen einen zwangloseren Charakter

zu geben. Der Nachmittag hatte ein fürchterliches Ende genommen. Jean-Marie hockte schwitzend als Galeerensklave auf der schmalen Ruderbank eines winzigen Bötchens und paddelte. Derweil knutschte Pikulski so heftig mit seiner neuen Flamme im Heck herum, daß der Nachen schier kenterte. Aber nicht genug damit, beim Aussteigen an der Anlegestelle hatte Hämmerle auch noch das Gleichgewicht verloren und war fast in den Waldsee gestürzt. Regelmäßig gab Dieter Pikulski diese Geschichte bei entsprechenden Anlässen zum besten.

Inzwischen hatte Lieblich seinen Wagen geparkt und war mit dem Mädchen im Inneren des Lokals verschwunden. Schon auf dem Parkplatz war Jean-Marie trotz seiner traumatischen Erinnerungen in einen leichten Wiegeschritt gefallen:

Da läuft immer Spitzenmusik, Atze. Hier trifft sich alles, was in der Jazzszene Rang und Namen hat.

Bei dem Wort „Jazz“ verzog Atze das Gesicht. Trotzdem folgte er seinem Onkel in das Lokal, schließlich wollte er nichts verpassen.

Eine Stunde später hatte das Pärchen die Eckbank der schummrigen Kneipe mit einem Ruderboot auf dem See vertauscht. Hämmerle war es nach langwierigen Verhandlungen gelungen, Atze in ein Tretboot zu setzen und allein mit der direkten Observierung zu betrauen, wobei er als stichhaltigstes Argument anführen konnte, daß Lieblich ihn schließlich kenne. Er selbst hatte sich mit Atzes Baseball-Kappe getarnt und hinter einem Weizenbierglas verborgen. So beobachtete er biertrinkend aus sicherer Entfernung die

Szenerie.
Langsam ging die Sonne unter und ihr Schein tauchte den Sternwald in ein malerisches Abendrot. Hämmerle saß beim fünften Weizenbier und rülpste. Die Ellbogen auf dem Tisch, den Kopf in den Händen, starrte er auf das rudernde Paar. Atze hockte ihm gegenüber und mampfte an einer riesigen Portion Fritten. Nach nur wenigen Minuten im Tretboot hatte er sich geweigert, die beiden auf dem winzigen See weiter zu verfolgen. Angeblich taten ihm die Beine weh, außerdem habe er Hunger und man könne eh jedes Wort vom Ufer aus verstehen. Beim sechsten Weizenbier kam Bewegung in die Szene. Lieblich ruderte endlich zurück zum Ufer. Geschickt warf er die Leine an Land und kletterte aus dem Boot. Jean-Marie kräuselte die Stirn und verzog sich in Richtung Auto.

Wenig später parkte Lieblich sein Cabrio mitten auf dem Augustinerplatz. Der angebrochene Abend ging weiter im Markgräfler Hof in der Gerberau. Zum Glück gab es beim Café Capri, wo Hämmerle ab und zu eine Partie Schach verlor, einen Taxistand und ein Klo fürs Weizenbier. Er parkte den Benz so, daß er den Eingang des Markgräfler Hofs im Blick behalten konnte.
Jean-Marie kannte das Lokal. Zwar waren die Weinpreise dort schier außerhalb seiner finanziellen Reichweite. Doch eine Einladung zu einem guten Tropfen wußte er durchaus zu schätzen, und auch die Küche im Markräfler Hof kam seinem französisch geprägten Gaumen entgegen, wenn er die Portionen auch immer entschieden zu klein fand. Außerdem gab es in der hinteren Ecke des Lokals noch eine Bar, an der

der Patron des Hauses von Zeit zu Zeit einen ausgab und die späten Gäste mit Kostproben seines rheinischen Humors verwöhnte. Für gewöhnlich nahm der Wirt kein Blatt vor den Mund. Diese Eigenschaft, so munkelte man, war dem gelernten Sommelier bei seiner früheren Tätigkeit in einem Freiburger Luxushotel zum Verhängnis geworden. Dort hatte, so die Fama, ein Gast eine Flasche vom allerbesten Bordeaux geordert. Das komplizierte Ritual des Öffnens, Schnüffelns, Dekantierens und Probierens hatte noch nicht einmal richtig begonnen, da steckte sich der Gast eine dicke Havanna ins Gesicht, was den Sommelier dermaßen erboste, daß er dem Banausen die eben geöffnete Flasche mit der Bemerkung wieder wegnahm, dieser Wein sei für ihn eindeutig zu schade.
Jean-Marie knurrte der Magen. Um sich abzulenken, philosophierte er über die Nouvelle Cuisine:
Was Du hier erlebst, Atze, ist eigentlich eine Pervertierung der menschlichen Ernährung. Das Zeug schmeckt zwar, keine Frage. Aber je kleiner die Portionen sind, Hämmerle warf einen Blick auf die Uhr, *desto länger dauert's und desto teuer wird's. Wenn man das alles mal zu Ende denkt, sitzt man am Ende sein Leben lang vor leeren Tellern und zahlt auch noch horrende Preise dafür.*
Hä? Atze konnte seinem Onkel für einen Moment nicht folgen. Der Abend hatte ihm bislang ohnehin nur zugesetzt. Bei Miami Vice jedenfalls ging es anders zur Sache. Erst gegen elf Uhr tauchten Lieblich und das Mädchen wieder auf. Lässig warf Lieblich das obligate Knöllchen auf den Gehsteig. Die anschließende Fahrt führte Hämmerle direkt in den Vorhof der Hölle. Es ging Richtung Emmendingen.

Im ersten Kreis der Hölle

Im Emmendinger Gewerbegebiet war es kurz vor Mitternacht nahezu stockdunkel. Nur vereinzelte Straßenlaternen funzelten ihr trübes Licht auf den Asphalt. Das geschwungene M des McDrive flammte gelb-rot in den Nachthimmel.
Ich hab Kohldampf bis inne Socken, ey. Komm, Onkel Jean-Marie, halt ma an. Atze griff seinem Onkel ins Lenkrad.
Nach einem kurzen Schlenker hatte Jean-Marie sich und den Wagen wieder unter Kontrolle. Hämmerle nahm sich fest vor, seinem Neffen bei der nächsten Gelegenheit eine zu knallen. Der Rotzlöffel war einfach schlecht erzogen. Aber wen sollte das wundern bei der Mutter? Es war ganz offensichtlich an der Zeit, daß er, also Jean-Marie, sich in die Erziehung seines Neffen einmischte, zumindest fernmündlich.
Lieblich hatte eine riesige Lagerhalle hinter dem McDrive angesteuert. Das Gebäude, vor dem er sein Cabrio parkte, war düster und gedrungen. Aus einer überdimensionalen Blechtür, vor der eine Kindergruppe herumlungerte, drang ein dumpfes Wummern, das entfernt rhythmische Strukturen zu erkennen gab. Lieblich und das Mädchen drängten sich durch die Kids und verschwanden hinter der Tür. Für einen Augenblick toste eine infernalische Lärmwelle über den Platz.
Hämmerle, noch im sicheren Benz, zuckte zusammen. Die Umgebung und der sporadisch aufbrausende Lärm erinnerten ihn von Ferne an seine lang vergangene Bibellektüre. So

ähnlich mußte es in der Apokalypse zugehen.
Boh, geil. Atze war nicht mehr zu halten. *Hier geht et ja total ab, Mann. Dat hättse mir aber sagen können, dat Ihr hier so'ne astreine location habt.*
Hämmerle schickte ein Stoßgebet zum Himmel. Warum konnte nicht wenigstens dieser Kelch an ihm vorüber gehen? Doch er riß sich zusammen. War er nicht der einzige, der die Wahrheit kannte? Und war das für ihn, den Humanisten und Beinahe-Priester, nicht Verpflichtung genug? Es galt, Zeugnis abzulegen. Sein Schicksal führte ihn direkt in den ersten Kreis der Hölle, ins Emmendinger Oktan.

Die Türsteher sahen furchterregend aus. Selbst unter ihren ausladenden Bomberjacken konnte man die Muskelberge erahnen. Aus den winzigen Hirnen ragten die Haare nur wenige Millimeter heraus. Am anderen Ende aufgekrempelte Jeans und Springerstiefel. Hämmerle schob Atze, der sich hier sichtlich wohlfühlte, vor sich her. Man konnte nie wissen. Plötzlich legte sich eine Pranke auf Jean-Maries Schulter, jemand brüllte ihm ins Ohr:
Moment mal! Woll'n wir doch mal sehen, was Du da unter Deinem T-Shirt hast.
Ohne Erlaubnis eingeholt zu haben, befummelten neugierige Finger Hämmerles Wanst. Der erstarrte. Körperkontakt war ihm, bis auf wenige Ausnahmen, eher zuwider. Und sich hier und jetzt von völlig fremden Männern begrapschen zu lassen, war der Gipfel.
Grinsend schob ihn der Türsteher weiter durch den Gang. Jean-Marie durfte passieren. Er konnte zwar nicht alles ver-

stehen, was der Fummler seinem Kumpel zubrüllte, aber das Wort „Wampe“ war deutlich zu hören.
Inzwischen wartete Atze an der Kasse. Jean-Marie drückte schweren Herzens zweimal zehn Mark Eintritt ab. Dann waren sie mittendrin.
Ein ohrenbetäubender Lärm riß und zerrte an Jean-Maries Trommelfellen, die wuchtigen Bässe knallten ihm in die Eingeweide, sein Magen krampfte sich im Rhythmus der 135 BPM (beats per minute, der Verleger) zusammen. Unter seinen Füßen bebte der Boden. Grelle Lichtblitze durchbrachen das schummrige Licht im Abstand von Sekunden und zuckten ihm über die Netzhaut. Orientierungslos und wie betäubt stand er da. Es dauerte eine ganze Weile, bis er seine diversen Sinneseindrücke einigermaßen sortiert hatte. Dann erst sah er sich um.
Der Raum war angefüllt mit einer riesigen Masse schwitzender und zuckender Leiber. Männer und Frauen in schrillen Klamotten bewegten sich im Rhythmus des Lärms. Über der Menge thronte, in weiter Entfernung am anderen Ende der Halle, ein zappelndes Wesen, vom dem auch der Lärm auszugehen schien. Wie ein diabolischer Zeremonienmeister fuchtelte das Wesen in der Luft herum. Dabei hopste es ständig auf und ab und bediente hektisch diverse Elektrogeräte. In der Mitte der Halle stand, eingehüllt von waberndem Trockeneisnebel, zu Hämmerles größter Verwunderung ein ausgedienter Jagdflieger. Auch auf den Tragflächen zuckten vereinzelte Gestalten. An den Längsseiten des Raumes entdeckte Jean-Marie zwei Theken, die einzigen Gegenstände, die ihm einigermaßen vertraut waren.
Atze war im Gewühl verschwunden. Von Lieblich und sei-

ner Begleitung keine Spur. Jean-Marie machte einige Schritte in Richtung Tresen. Vielleicht ließen sich seine aufgewühlten Nerven durch einen kleinen Schluck beruhigen. Auf dem Weg zur Theke zupfte ihn sein aufgeregter Neffe am Ärmel: *Ultracool hier!* brüllte Atze ihm ins Ohr und hampelte dabei hin und her. Er zog Jean-Marie über die Tanzfläche zu einem alten VW-Bus. Vom Inneren des Wagens aus führte eine schmale Wendeltreppe einen Stock tiefer in die Cocktailbar. Hämmerle zog den Wanst ein und rüstete sich so für den Abstieg. Nach wenigen Stufen kam ihm ein Mädchen von unten entgegen. Sie war keine zwanzig und gertenschlank. Trotzdem kam sie an Jean-Marie kaum vorbei. Einige Atemzüge klemmten Hämmerle und das Mädchen Bauch an Bauch auf der engen Treppe fest. Jean-Marie gingen die Augen über. Das Mädchen hatte lockige schwarze Haare. Die Dunkelheit der Augen wurde von einem Kajalstift betont, etwas seltsam waren die grünen Augenbrauen. Der Rest war klasse. Außer einem schwarzen Spitzen-BH trug sie nur noch enganliegende, neongrüne Shorts und Turnschuhe. Ohne ihn eines Blickes zu würdigen, verschwand die Erscheinung und ließ einen atemlosen Hämmerle auf der Treppe zurück.
Unten in der Cocktailbar kam er wieder zu sich. Hier war es eine Spur leiser, das Licht gedämpft. In einer Ecke zeigte sein Assistentenanwärter ihm Lieblich und das Mädchen. Jean-Marie stellte sich mit dem Rücken zu ihnen an den Tresen und bestellte einen Drink für sich und eine Cola für seinen Neffen. Zum Glück war es hier so schummrig, daß man kaum die Hand vor Augen sehen konnte. Atze leerte das Glas in einem Zug, murmelte dann was von „geilen Druffis“

und verzog sich wieder nach oben auf die Tanzfläche.
Lieblich und seiner Begleitung schien es in der Cocktailbar des Oktan zu gefallen. Soweit Jean-Marie in der Dunkelheit erkennen konnte, ging es den beiden ausgesprochen gut. Zwischen den Drinks tuschelten sie, hielten Händchen und begrüßten hin und wieder ein paar Freunde. Jean-Marie wurde langsam müde, außerdem dröhnte ihm der Kopf infernalisch. Endlich wurde ein Barhocker frei.

Irgendwann stand Atze wieder neben ihm. Der Junge hatte sich verändert. Er fiel ihm einfach um den Hals. Als wäre das nicht schon genug, drückte er ihm zu seinem Entsetzen auch noch einen dicken, feuchten Kuß auf den Mund und hauchte:
Onkel Jean-Marie, ich hab' Dich richtich lieb! Du mich auch?
Jean-Marie fuhr zurück und wischte sich mit dem Handrücken über den Mund. Das Kind war ganz offensichtlich nicht mehr bei sich, kein Wunder bei dem Lärm. Zu allem Überfluß versuchte Atze jetzt auch noch, seinen Onkel zu umarmen. Hämmerle sah sich gehetzt um. Zum Glück waren keine bekannten Gesichter zu sehen. Überhaupt schien niemand die Szene zu beobachten.
Atze versuchte, Jean-Marie vom Barhocker zu ziehen:
Komm, wir tanzen, da läuft gezz U96.
Hämmerle wehrte ab:
Also das ist nun wirklich nichts für mich. Mir dröhnt eh schon der Kopf.
Wie bei Mamma, der ihr Freund sacht auch immer, er hat Kopfschmerzen.
Atze wühlte in den Hosentaschen und förderte zwei kleine,

weiße Pillen zutage:
Die sind gut. Er streckte Hämmerle die Tabletten auf der flachen Hand entgegen.
Jean-Marie war ob solcher kindlicher Fürsorge gerührt. Es blieb ihm gar nichts anderes übrig, als die beiden Pillen mit dem Rest seines Drinks herunterzuspülen. Schließlich konnte er den Jungen nicht enttäuschen. Und sein Kopf dröhnte wirklich abartig.

Ekstase

Im Oktan war es heiß geworden. Der Tekkno-Beat dröhnte in rasendem Tempo und versetzte die zuckenden Gestalten auf der Tanzfläche in Trance.

Eine davon war Jean-Marie Hämmerle. Seit geraumer Zeit walzte er seine 235 Pfund Lebendgewicht entrückt durch die Menge. Mit erhobenen Armen und ausgestreckten Zeigefingern stampfte er zum Sound von Sven Väth und Marusha. Er war drauf wie noch nie. Überhaupt hatten sich die Dinge um ihn herum merkwürdig verändert. Alles war ganz leicht geworden. Die Musik war klasse, die Farben leuchtend, die Menschen schön. Hin und wieder überwallte ihn ein warmes Gefühl für seinen Neffen Atze, den er irgendwann in der wogenden Masse aus den Augen verloren hatte. Keine Spur von Müdigkeit und Kopfschmerzen. Hämmerle hätte gerne die ganze Welt umarmt.

Lieblich und seine Freundin hatten das Oktan vor geraumer Zeit verlassen, was Jean-Marie zwar irgendwie noch registriert, aber gar nicht weiter gestört hatte. Sollte es den beiden doch gut gehen, sollten sie sich doch amüsieren, am besten die ganze Nacht lang. Schön, daß sein Freund Lieblich es so gut getroffen hatte.

Der DJ brüllte etwas von einer Love-Parade in sein Mikrophon. Genau, das war es, ein großes Festival der Liebe und Harmonie. Darum ging es. Und eigentlich hätte Jean-Marie sich auch sofort eingereiht, wäre er nicht so ungeheuer durstig geworden. Er schwebte zum Tresen und orderte ein

extragroßes Mineralwasser.
Das Oktan machte zu Hämmerles Leidwesen irgendwann zu. Er gehörte zu den letzten Gästen, hinter denen die netten Türsteher das Tor schlossen. Dann tänzelte er durch die Dunkelheit zu seinem Benz hinüber und klemmte sich fröhlich pfeifend hinter das Steuer. Immer noch keine Spur von Müdigkeit.
Die Nacht war sternenklar. Hämmerle konnte sich nicht erinnern, die Sterne jemals so deutlich gesehen zu haben. Fast fühlte er sich, als wäre er selbst der Lenker, der den Großen Wagen über den Emmendinger Nachthimmel jagte. Er ließ den Benz aufheulen und drehte mit quietschenden Reifen einige Runden auf dem Parkplatz, bevor er seine Reise durch die unendlichen Weiten des Universums aufnahm.

Ganz automatisch hatte Hämmerle sein Untertürkheimer Sternenroß in die Herrenstraße hinter dem Freiburger Münster gelenkt. Nun stand er in der Stille der Nacht unter dem Himmel aus Stein und staunte. Obwohl es stockfinster war, sah er die Dinge endlich im richtigen Licht.
Soviel war klar, dachte der Beinahe-Priester Hämmerle, den Kopf im Nacken, in dieser Nacht würde sich das neue Jerusalem auf Freiburg senken, von unzähligen Engeln und Heiligen bewohnt, die Edelsteine glänzend mit hohen Mauern und zwölf Toren, über den Toren zwölf Engel. Sein Blick fiel auf das Hauptportal, gekrönt von einem mächtigen Tympanon voller Figuren, in der Mitte ein Pfeiler, der den Eingang in zwei Öffnungen teilte, bewehrt mit schweren Türen.

Jean-Marie sah Gott bei der Erschaffung der Welt, fast war es ihm, als säße er selbst auf dem Thron. Er, Der Da Saß, schuf Sonne und Mond, Himmel und Erde, Pflanzen und Bäume, Fische und Vögel, Adam und Eva. Der Da Saß war Richter von Ungehorsam und Hochmut, Pförtner zum Paradies, der die Menscheit nach Gut und Böse teilte, den einen die Pforten des Himmels, den anderen den Höllenschlund weisend. Hämmerle fiel der Lasterkatalog des Apostels Paulus ein: Niemand soll eingehen in das Reich Gottes, der die „Werke des Fleisches" tut: „Unzucht, Unlauterkeit, Ausschweifung, Götzendienst, Zank, Eifersucht, Gehässigkeiten, Hetzereien, Zwietracht, Mißgünstigkeiten, Trinkerei, Schlemmerei." Er rülpste verstohlen.
Sein Blick fiel auf die sieben törichten und die sieben klugen Jungfrauen der Vorhalle. Kein Wunder, daß es hier so finster war, hatten die Mädchen doch das Reserveöl für ihre Lampen vergessen, jetzt, wo ihnen der Bräutigam entgegeneilte.
Die Versuchung trat leibhaftig in Gestalt von Corinna neben ihn. Corinna war nackt und ritt auf einem Bock. Über die rechte Schulter hatte sie ein Bocksfell geworfen. Neben ihr sah Hämmerle sich selbst: ein eleganter junger Mann, einen Blumenkranz auf dem Kopf, in ein weit fallendes Gewand gekleidet, eine namenlose Rose in der Hand betrachtend, mit deren Hilfe er die Dame an seiner Seite zu verführen suchte. Doch was war das? Jean-Marie erschrak. Ekliges Gewürm kroch aus dem Rücken der Gestalt, Kröten, Molche, Schlangen. Er taumelte einige Schritte zurück und stürzte fast. Sein Blick glitt an den Mauern entlang, hinauf zum schönsten Turm der Christenheit. Und er traute seinen

Augen nicht.

In schwindelerregender Höhe kletterte eine Gestalt den Turmhelm herunter. Ihre Umrisse hoben sich deutlich vom Nachthimmel ab. Der Kletterer schien seine Sache zu beherrschen. Mit sicheren Bewegungen ließ er sich an dem durchbrochenen Maßwerk herab. Es vergingen nur ein paar Minuten, dann erschien er auf einem Sims an der Westseite des Hauptportals. Er verschwand wieder und landete kurz darauf mit einem katzenhaften Satz wohlbehalten auf dem Kopfsteinpflaster des Münsterplatzes. Nun konnte Jean-Marie ihn deutlich sehen. Seine Kleider waren wie eine zweite Haut und erinnerten Hämmerle an Cary Grant über den Dächern von Nizza: enganliegende schwarze Hosen, ein schwarzes langärmliges T-Shirt, um die Schultern hatte er einen kleinen Beutel gehängt. Der Kletterer fühlte sich offensichtlich völlig unbeobachtet und lief am Hauptportal vorbei. Jean-Marie direkt in die Arme. Es dauerte nur eine winzige Sekunde, dann riß er sich los und rannte davon. Für einen kurzen Moment hatte Hämmerle das Gesicht des Mannes ganz deutlich gesehen. Kein Zweifel, der Kletterer war Georg Lieblich. In Jean-Maries ekstatisch erweitertem Bewußtsein kristallisierte sich ein glasklarer Gedanke heraus: Die Lösung des Falles mußte dort oben auf dem Münsterturm liegen. Es gab nur eines. Er mußte hoch.

Inferno Eins Eins Null

Schräg gegenüber vom Münster saß der Kulturamtsleiter im Studierzimmer seines Amtes. Nur ein bläulicher Lichtkegel erleuchtete den Schreibtisch. Der Kulturamtsleiter hatte den Kopf in die Hände gestützt und sich in ein gewichtiges literarisches Werk vertieft. Immerhin war es Juli, und die Vorbereitungen für die jährlichen Freiburger Literaturgespräche im November liefen bereits auf Hochtouren. Der Kulturamtsleiter und seine Mitstreiter, ein Uni-Professor und zwei Lokalmatadore der Kulturjournaille, mußten bis dahin noch Berge neuer Literatur sichten.

Er atmete tief durch, setzte die kleine runde Brille ab und rieb sich die Augen. Das Opus vor ihm kostete Nerven. Aber dieser Heinz G. Konsalik war einer der auflagenstärksten Schreiber der Republik. Und der Oberbürgermeister hatte nach dem finanziellen Desaster des vergangenen Literaturgespräches auf publikumswirksamere Teilnehmer bestanden. Jetzt überlegte er, wie „Der Frauenarzt der Taiga" in das diesjährige Thema der Gespräche „Dialektische Aspekte des Seienden in der Literatur der Frührenaissance und deren Wiederaufnahme in der postmodernen Untergrundliteratur der ehemaligen DDR" einzubauen war. Einen Ansatzpunkt hatte er nach langem Grübeln bereits gefunden. Mit „Taiga" und „DDR" ließ sich was machen, da war er sicher.

Er ging zum Fenster und öffnete es. Der Turm des Münsters ragte schwarz in den Nachthimmel. Schon so manches Mal

hatte er aus dem monumentalen Bau seine Inspirationen bezogen. Sein Blick wanderte vom Chor über das romanische Querhaus zu den beiden frühgotischen Fenstern, dann weiter zu den spitzbogigen Jochen der Hochgotik. Die Sandsteinfiguren an den Außenseiten der schweren Mauern kannte er alle, die Heiligen, die Dämonen, die lasterhaften Fratzen, die Propheten, die Engel, die bösen Geister. Wie der Kulturamtsleiter wußte, hatte seit jeher an den heiligen Mauern auch das Häßliche seinen Platz. In ihm fanden die Ängste der Menschen ihren Ausdruck, die furchterregenden Gestalten dienten dazu, das Böse fernzuhalten.
Doch irgendwas war anders als sonst. Ein riesiger dunkler Schatten kroch an einem der Strebepfeiler entlang. Der Kulturamtsleiter setzte die Brille wieder auf. Eine Gestalt klammerte sich an die steinernen Krabben des Strebebogens. Nur mühsam, so schien es, kam sie voran. Atemlos beobachtete er, wie sie plötzlich das Gleichgewicht verlor und abrutschte.
Die Gestalt war nicht mehr zu sehen. Der Kulturamtsleiter ging zum Telefon und wählte die Eins Eins Null.

Zehn Meter über dem Abgrund starrte Jean-Marie Hämmerle entsetzt in die Fratze eines fürchterlichen Untiers. Wenige Zentimeter über seinem Gesicht bleckte das Monster die Zähne. Eine stählerne Zunge schoß ihm aus dem Maul. Dreikrallig bohrte sich die Pratze in Jean-Maries Schulter. Vor Gier quollen dem Ungeheuer die Augen über. Es roch irgendwie nach Schwefel. Hämmerles Atem raste. In seinen Ohren pochte das Blut im Tekkno-Beat. Eine dicke Schweißperle rollte ihm von der Stirn ins Auge. Langsam

wurden die Arme lahm.
In Jean-Maries aufgewühltem Gehirn arbeitete es. Gerade noch hatte er sich bei seinem Sturz an dem Untier festhalten können. Entsetzt spürte er, wie der Sandstein unter seinen Füßen zu bröckeln begann. Das Geräusch holte ihn mit einem Schlag in die Wirklichkeit zurück. Hier, zehn Meter über dem Kopfsteinpflaster des Freiburger Münsterplatzes, war Endstation. Seine Knie zitterten. Die Hände wurden feucht.
Jetzt nur nicht loslassen, dachte er. *Hier ist endgültig Schluß.* Den Bauch an der Wand, den Höllenhund über sich und unter sich, bis auf einen schmalen Sims, gähnende Leere. Von hier oben gab es keinen Ausweg. Entkommen unmöglich. In der Ferne ertönte ein Martinshorn...

So, nun erzählen Sie mal.
Der ältere der beiden Beamten packte sein Butterbrot ein, verschloß die Thermoskanne und legte die Zeitung in aller Ruhe weg. Hämmerle schwieg.
Vor ein paar Minuten erst war er bei der Polizei abgeliefert worden. Die letzten Stunden waren für Jean-Marie Hämmerle das Schrecklichste gewesen, was er jemals erlebt hatte. Als wäre die Todesangst auf dem Münster nicht schon genug gewesen. Zu allem Überfluß hatten ihn die Idioten von der Feuerwehr auch noch zwingen wollen, freiwillig loszulassen und sich in ein handtuchgroßes Sprungtuch zu stürzen, das nur von ein paar mickrigen Figuren gehalten wurde. Schließlich war einer von ihnen zu Hämmerle hinaufgeklettert. Zuerst hatte der Mann ihn beschwatzen wollen. Es sei eine todsichere Angelegenheit und so. Aber Jean-Marie hatte sich

nicht rumkriegen lassen. Er klammerte sich nur noch fester an das Sandsteinmonster. Erst als ein größeres Stück vom Sims unter ihm abgebrochen war und er nur noch mit einem Fuß auf der Kante Halt fand, war es dem Feuerwehrmann gelungen, ihn mit einem kräftigen Stoß in die Tiefe zu befördern.

Im Krankenwagen war er wieder zu sich gekommen. Offensichtlich hatten die Feuerwehrleute sein Gewicht doch falsch eingeschätzt. Doch das Schlimmste kam erst noch. Eine furchterregende Gestalt in Weiß hatte versucht, ihm die Kleider vom Leib zu reißen und ihn mit einer riesigen Spritze bedroht. Jean-Marie hatte sich bis zum äußersten gewehrt. Erst vier Pflegern war es gelungen, ihn auf einer Pritsche festzuzurren. Dann mußte er wohl oder übel kapitulieren und seine kraftlose Gestalt den Blutsaugern überlassen.

Jetzt erzählen Sie uns mal, was Sie genommen haben. Der Beamte schaute Jean-Marie scharf an.

Wieso genommen? Hämmerle guckte verständnislos zurück.

Kommen Sie schon, erzählen Sie, mischte sich der Jüngere ein. *Wir haben für Typen wie Sie doch nicht den ganzen Tag Zeit. Wo waren Sie denn gestern abend, bevor Sie,* der Beamte grinst anzüglich, *Ihre Kletterpartie gestartet haben? Und überhaupt, glauben Sie eigentlich, sowas ist ungefährlich? Lesen Sie denn keine Zeitung, Mann? Vorletzte Nacht erst ist da jemand abgestürzt. Tot.*

Der Ältere hatte in der Zwischenzeit den Bericht aus dem Krankenhaus überflogen. Mit einem vielsagenden Blick legte er die Akte vor seinem Kollegen auf den Tisch. Er deutete auf einen Abschnitt. Dann las er vor:

„XTC, oder Ecstacy, ist eine Mischung aus reinem Speed und LSD. Es führt zu Umfeldveränderung und einer Veränderung der optischen und akustischen Wahrnehmung. Man fühlt sich wach, angeregt, wenig gehemmt, ist offen und glaubt, alles intensiver zu erleben." Von wem haben Sie die Dinger denn gekriegt?
Welche Dinger?
Stellen Sie sich doch nicht so dumm, das hilft Ihnen auch nicht weiter. Wer hat Ihnen gestern abend den Stoff gegeben?
Ich hab' nur zwei Kopfwehtabletten genommen.
Die beiden Beamten brachen in hämisches Gelächter aus:
Woll'n Sie uns verarschen oder was? Hämmerle wurde hellhörig. Langsam dämmerte ihm was.

Zwei Stunden später, nach vielen unangenehmen Fragen, die Jean-Marie allesamt nicht im Sinne der Beamten beantwortet hatte, setzte Hämmerle mit zittrigen Fingern seine Unterschrift unter ein Protokoll, in dem er seine Unschuld wieder und wieder beteuert und seinen Neffen wohlweislich verschwiegen hatte. Aber eins stand fest: Atze würde er sich vorknöpfen.

Im zweiten Kreis der Hölle

Mann, wo hasse denn die ganze Nacht gesteckt, ich hab' Dich überall gesucht, Onkel Jean-Marie. Atze hatte ganz fürsorglich den Frühstückstisch bereits gedeckt. Es gab Kakao, Marmelade, Nutella, eine Dose Ölsardinen für Jean-Marie, Brot und keine Butter.

Gezz komm schon, Atze zerrte seinen Onkel am Ärmel, *setz' Dich erst mal. Du wars ja gestern abend tierisch drauf. Hätt' ich echt nich gedacht, dat Du so tanzen kanns, echt cool, ey. Besonders die Soloeinlage. Da ham' alle nur noch geglotzt.*

Hämmerle wurde rot und ging zum Kühlschrank. Diese Blamage. Den Selbstgebrannten trank er gleich aus der Flasche. Er wischte sich den Mund ab und ging ohne ein Wort zu sagen an das Radiogerät, das in der Küche hoch oben auf dem Schrank stand, unerreichbar für seinen Neffen. Er fummelte eine Weile am Sucher, stellte S4 ein und drehte voll auf. Atze zuckte zusammen. Die wachsweichen Bässe der Blaskapelle jagten ihm eine Gänsehaut über den Rücken. Zum Glück war das Stück bald zu Ende. Er atmete auf. Doch dann kamen Geräusche, die er noch nie gehört hatte. Eine echte Schalmeienkapelle, aufgenommen beim Tag der Offenen Tür des Südwestfunk-Landesstudios Freiburg. Jean-Marie beobachtete die Reaktionen seines Neffen aus den Augenwinkeln. Atze legte seine Nutellastulle auf den Küchentisch, verdrehte die Augen und stopfte sich die Finger tief in die Ohren. Jean-Marie grinste in sich hinein.

Bingo. Die Sache funktionierte. Hämmerle drehte noch ein wenig mehr auf und sperrte die Tür von außen zu.

Nach einer angemessenen Pause und einer ordentlichen Kanne Kaffee hatte sich Hämmerle einigermaßen gefangen. Eine gehörige Standpauke und die Drohung, a) die Strafexpedition in die Welt der Volksmusik zu wiederholen oder b) Atze postwendend an seine Mutter zurückzuschicken und diese über die dubiosen Eskapaden und Machenschaften ihres Früchtchens schonungslos aufzuklären, hatten Wirkung gezeigt. Tief befriedigt stellte Hämmerle fest, daß sein Neffe auf ein angenehmes Mindestmaß geschrumpft war. Außerdem hatte Atze ihm das Versprechen abgeben müssen, Mutter Hämmerle nichts von Corinna zu erzählen. Jean-Marie hatte sich schließlich sogar bereiterklärt, seinem Neffen den vorhin noch rundweg aberkannten Status des Assistenanwärters erneut zu verleihen und ihn mit den neuesten Entwicklungen des Falles vertraut zu machen:
Eins steht fest, Atze. Die Lösung liegt quasi irgendwie auf dem Münsterturm. Fast hätte ich ja heute nacht den Beweis geliefert. Lieblich steckt bis über beide Ohren drin. Daß Echo da so einfach runtergefallen ist, glaubt ja nur noch die Polizei. Ich sage Dir, wahrscheinlich ist der saubere Herr Lieblich sogar ein Mörder. Wieso sonst hätte er nochmal raufklettern sollen?
Stimmt, vielleicht hat er da einen Knopf verloren.
Hämmerle tippte sich mit dem Finger an die Stirn:
Bist Du blöd, oder was? Hast Du schon mal einen Bergsteiger mit Knöpfen gesehen? Wir sind doch hier nicht mehr bei Luis Trenker. Nein, nein, ich sage Dir, das muß irgend-

wie mit dem Gipfelbuch zusammenhängen, das diese Kletterer da oben haben. Und ich wette, Lieblich hat letzte Nacht das Buch geholt.

Meinse echt?

Das war eine Frage, auf die Jean-Marie trotz allem keine Antwort hatte. Doch war der Sinn allen Strebens letztlich nicht der, Antworten zu finden, nicht locker und sich nicht beirren zu lassen? Überhaupt, was konnte man denn schon sicher wissen? War nicht alles irgendwie relativ? Und hatte Popper nicht gezeigt, daß alles nur so lange wahr ist, bis es falsch ist? Schon immer hatte sich Hämmerle als ein entschiedener Verfechter des Falsifikationsprinzips verstanden. Bislang hatte ihm niemand nachgewiesen, daß seine Theorie falsch war. Also mußte sie wahr sein oder so. Mit dem Zweifel leben zu können, darauf kam es an. Ich weiß, daß ich nichts weiß. Das hatte schon Sokrates vor dem Athener Gericht gesagt. Und war er, Jean-Marie, nicht gerade aus einem ähnlichen Kreuzverhör zurückgekehrt? Hatten nicht auch ihn die Büttel des Gesetzes zu erschüttern gesucht? Und dann erst der widerliche Kakao zum Frühstück, geradezu Sinnbild eines Schierlingsbechers. Ganz deutlich spürte auch Hämmerle, wie ihm die Beine schwer wurden. Unsicher stakste er Richtung Kühlschrank.

Haste Muskelkater vom Tanzen, Onkel Jean-Marie? Du gehs so komisch.

Dummes Zeug, dachte Hämmerle weiter. So war es eben. War doch der Körper nichts weiter als die Hülle seines mächtigen Geistes. Wer konnte da an Muskelkater denken? Hatte Moses etwa über Muskelkater geklagt, als er die Thorarollen vom Berg holte? Nein, nein, da erinnerte er sich genau. Aber an der Sache mit Moses war was dran. Hämmerle befummelte seinen Kopf. Ein riesiges Horn auf der Stirn war ihm von der dilettantischen Rettungsaktion der Freiburger Feuerwehr übriggeblieben. Wahrscheinlich sah er jetzt aus wie der Moses von Michelangelo, den er einmal auf einer Postkarte gesehen hatte. Genau, Michelangelo. Noch ein Genie. Der hatte sein halbes Leben lang auf dem Rücken gelegen und die Sixtina ausgemalt, ein Besessener wie Hämmerle, wenn's um die Wahrheit ging. Doch vorher galt es noch, etwas anderes zu klären.

Als Hämmerle am späten Sonntagnachmittag den Benz vor einem Mehrfamilienhaus in Littenweiler parkte, war er frisch geduscht, rasiert, trug frische Wäsche und einen Blumenstrauß, den er am Bahnhof besorgt hatte. Hier in der Alemannenstraße wohnte Corinna. Hämmerle suchte ihren Namen am Klingelbrett. Er fand ihn auf einem handgeschrieben Zettel zwischen drei anderen Namen. Auch das noch. Eine Wohngemeinschaft.

Trotz seiner aufrichtigen Begeisterung für die Ideen der 68er, hatte er das Konzept der Kommunen seit jeher entschieden abgelehnt. Daß sich vier völlig fremde Menschen eine Wohnung teilen konnten, war ihm einfach unbegreiflich. Ihm hatte damals schon die Wohngemeinschaft mit Mutter und Schwester in der Lahrer Reihenhaussiedlung gereicht. Trotzdem: da mußte er jetzt durch. Er klingelte.

Aus der Sprechanlage quäkte ihm eine Stimme entgegen:

Ja?

Ich bin's.

Wer „Ich"?

Jean-Marie.
Schweigen. Dann prustete die Stimme in dem kleinen Kasten los. Gleichzeitig ging der Summer.
Im dritten Stock und etwas außer Atem stand Hämmerle vor einem Mädchen, das er noch nie gesehen hatte. Sie war ziemlich klein, rothaarig (Henna) und hatte eine spitze Nase. Jean-Marie stellte sich vor:
Mein Name ist Hämmerle, Jean-Marie Hämmerle.
Ja und?
Das brachte ihn etwas aus der Fassung. Er nestelte an seinem Blumenstrauß herum:
Äh, kann ich reinkommen?
Zu wem willste denn?
Eh, ich möchte Corinna sprechen.
Coriiinnnnna, hier is einer für Dich!
Wer denn?
Er sagt, er heißt Jean-Marie Hämmerle.
....
...?
Also, ich weiß nicht, ob das was bringt. Die kleine Rothaarige zuckte mit den Schultern. *Aber komm' halt mal rein.*
Jean-Marie stapfte hinter dem Mädchen durch den Flur. An den Wänden hingen diverse rosa Poster mit dem Frauenzeichen in Lila. Am Ende des Flurs prangte das Bild einer blonden Göre im Goldrahmen, der Unterschrift nach handelte es sich um eine gewisse „LucyLectric“, von der Hämmerle noch nie gehört hatte. Vor einer lila Tür machte das Mädchen halt:
Da drin is sie.
Er betrat den zweiten Kreis der Hölle.

So wie Du quatschen ja nicht mal mehr die Pappkameraden in einer feministischen Kampfschrift! Es is echt unglaublich, fand Heide.

Obwohl der Küchentisch, an dem sich Jean-Marie wiedergefunden hatte, rund war, war von Einigungswillen nichts zu spüren. Jean-Marie saß auf der Anklagebank. Corinna hatte ihre Mitbewohnerinnen offensichtlich über alles informiert. Jedenfalls wußten die drei anderen Mädchen bestens Bescheid. Von seiner kleinen Ohnmacht auf dem Klo, vom Mondspaziergang, vom Abend im Litfass und von Atze. Und anscheinend wußten sie sogar noch mehr:

Du bist doch eindeutig mutterfixiert, das sieht doch jede. Frühkindliche Störungen, ausgeprägter oraler Typ, braucht man Dich ja nur anzusehen. Heide studierte im zweiten Semester Psycholgie. *Wahrscheinlich hat Deine Mutter Dich zu lang gestillt.*

Hämmerle wurde rot. Die Mädchen wußten wirklich alles.

Und überhaupt, Du bist doch emotional und körperlich für eine liebevolle, enge Beziehung überhaupt nicht eingerichtet. Wahrscheinlich bist Du die meiste Zeit Deines Lebens auf der Jagd nach einem Gefühl von Stärke und Sicherheit, von dem Du glaubst, daß Du es bekommst, wenn Du Dich auf gefährliche Abenteuer einläßt. Aber eigentlich willst Du nur von Deiner Verzweiflung ablenken. Ganz klar, Jutta war an der PH.

Hämmerle sagte kein Wort. Er war schon vor geraumer Zeit in die innere Emigration gegangen und ließ das ganze nur noch über sich ergehen, um nicht völlig das Gesicht zu verlieren.

Sag' doch auch mal was, forderte ihn die kleine Rothaarige

(Henna) auf, die ihn reingelassen hatte. Ihr Name war Dorothea. *Oder findest Du das gut, was Du mit Corinna gemacht hast?*
Aber ich hab' doch gar nichts gemacht, verteidigte sich Jean-Marie lasch.
Corinna fuhr hoch:
Das nennst Du nichts gemacht? Erst machst Du mich an, daß es knallt, überredest mich, mit in Deine Bude zu kommen, quasselst mich den ganzen Abend mit Deinem Scheiß voll und dann gehst Du kotzen. Ende der Veranstaltung. Glaubst Du, das hat Spaß gemacht?
Warum hast Du denn dann nochmal angerufen?
Ich??? Dich??? Angerufen??? Corinna lief puterrot an. *Jetzt spinnt der völlig. Wieso hätte ich Dich anrufen sollen? Auf jeden Fall war der zweite Abend auch nicht besser mit Deinem blöden Scheißneffen.*
Die Mädchen nickten bestätigend.
Laßt Atze aus dem Spiel.
Siehste, Dorothea boxte Corinna in die Seite und sah sie vielsagend an. *Hab' ich mir doch gleich gedacht, daß mit dem Typen was nicht stimmt.*
Er verstand. Das war für einen Hämmerle zuviel. Er haute mit der Faust auf den Tisch. Für einen Augenblick war es ganz still in der Küche. Jean-Marie sah die Mädchen der Reihe nach an. Dann stand er auf und ging zur Tür. Unendlich langsam drehte er sich noch einmal um. Die Mädchen starrten ihn an. Und dann besorgte er es ihnen gründlich:
Ihr seid doch Schnepfen. Alle!
Als er wieder die freie Luft der Alemannenstraße atmete, ging über ihm das Fenster auf.

Ey, kreischte Corinna ihm nach, *Du hast was vergessen.* Der rosarote Nelkenstrauß segelte direkt vor seine Füße. Jean-Marie kickte das Gebinde elegant auf die Straße. Dann stieg er in seinen Benz und nahm die Blumen zwischen die Räder. Pfeifend fuhr er in die beginnende Dunkelheit. Für einen Mann wie ihn gab es Wichtigeres.

Poltergeister

Am späten Abend hatten Hämmerle und sein Assistentenanwärter im Benz wieder Stellung vor Lieblichs Haus in der Wintererstraße bezogen. Es goß wie aus Eimern. Grelle Blitze zuckten über den Freiburger Nachthimmel. Der Donner war ohrenbetäubend. Hinter den Fenstern von Lieblichs Wohnung gingen die Lichter aus. Das letzte Fenster, das dunkel wurde, lag im ersten Stock. Das mußte das Schlafzimmer sein. Irgendwo schrie ein Käuzchen.

Noch eine Viertelstunde, dann ist es soweit, Atze.

Hämmerles Neffe rutschte auf dem Sitz hin und her. Er sah seinen Onkel bewundernd an. Seit er von seinem kleinen Ausflug, wie er es genannt hatte, zurückgekommen war, wirkte er wie verwandelt. Regelrecht entschlossen, soweit Atze das beurteilen konnte. Er hatte stundenlang gequengelt um herauszufinden, wo Jean-Marie gewesen war. Aber der hatte geschwiegen. Und nun, so hatte sein Onkel ihm versprochen, wartete das größte Abenteuer seines jungen Lebens auf ihn.

Und wat machen wir gezz? wollte Atze wissen.

Jean-Marie atmete tief durch:

Also Atze, ich setze jetzt mein ganzes Vertrauen in Dich. Das ist Deine Chance. Und ich hoffe sehr, daß Du mich nicht wieder enttäuschst.

Ganz bestimmt nich, großes Ehrenwort. Bei soviel Vertrauen und Verantwortung wuchs Atze geradezu über sich hinaus.

Also gut, Atze. Dann sage ich Dir jetzt, was Du tun wirst.
Jean-Marie schaltete die Beleuchtung im Innern des Benz' ein, um seinem Neffen in die Augen zu sehen. *Atze,* er legte ihm die Hand auf die Schulter, *Du gehst jetzt da rein und holst das Gipfelbuch.*
Wie „gehst jetzt da rein"?
Na, Du suchst Dir irgendwo ein offenes Fenster oder eine offene Tür, im Keller zum Beispiel oder so. Und dann steigst Du ein.
Atze wurde blaß:
Ich? Ganz allein? Wieso denn?
Glaubst Du vielleicht, ich paß' durch ein Kellerfenster?
Nö, aber... Wenn Mamma dat rauskriegt. Die will mich sowieso die ganze Zeit ins Internat stecken.
Papperlapapp, von mir erfährt sie kein Wort.
Aber wenn die mich erwischen?
Du brauchst Dich bloß nicht so blöd anzustellen, dann kriegt keiner was mit.
Atze schwieg. Jean-Marie schaltete das Licht im Benz wieder aus und wartete. Nach einer Weile fragte er:
Was jetzt?
Ich hab' Angst, fiepste es neben ihm.
So, der Herr hat also Angst. Aber gestern im Oktan, da hat der Herr keine Angst gehabt. Da hat der Herr seinen Onkel den Bullen in die Arme getrieben. Da hat der Herr Unschuldige mit Drogen vollgepumpt. Weißt Du, wie man das normalerweise nennt? Dealen nennt man das normalerweise. Dazu ist der Herr mutig genug. In Asien steht darauf die Todesstrafe.
Atze verschwand in den Tiefen des Sitzes:

Ich will aber nich in'n Knast. Und ins Internat auch nich.
Dann tu' auch was dafür!
Aber Onkel Jean-Marie, schluchzte es aus der Dunkelheit. Atze zog geräuschvoll die Rotznase hoch. Dann wimmerte er ein wenig vor sich hin. Bei soviel Unglück stand auch Hämmerle fast das Wasser in den Augen. Er kramte ein Taschentuch hervor und putzte sich umständlich die Nase. Dann reichte er es Atze rüber.
Okay. Laß gut sein. Drehen wir das Ding eben zusammen, wenn Du Dir in die Hosen scheißt. Wir suchen ein offenes Kellerfenster und Du steigst ein. Und dann machst Du mir die Tür auf, und ich erledige den Rest.

Die Straßenlaterne warf nur einen trüben Lichtstreifen in den Garten von Lieblichs Villa. Der Sturm peitschte die gepflegten Fliederbüsche, die ums Haus standen. Hämmerle und sein Assistentenanwärter hatten schon zum zweiten Mal vergeblich das Haus umrundet. Inzwischen waren sie naß bis auf die Knochen. Bei jedem Schritt, den Jean-Marie machte, gaben seine Birkenstocksandalen ein sattes Schmatzen von sich. Atze werkelte mit seinem Taschenmesser an einem der Kellerfenster herum.
Ey, zischelte er, *ich glaub', hier is doch offen.*
Jean-Marie hockte sich neben seinen Neffen. Er zog am Fenster. Nichts. Das Ding rührte sich keinen Millimeter.
Niete, kommentierte er die Bemühungen seines Neffen.
Laß mich mal. Atze drückte das Fenster auf und verschwand im Innern des Hauses. Wenig später tauchte er an der Verandatür wieder auf und ließ seinen Onkel rein.
In der Villa war es stockdunkel. Hämmerle knipste die

Taschenlampe an. Der funzlige Lichtkegel tanzte die Wohnzimmerwände entlang. Auf den dunklen Holzpaneelen hingen Bilder aller denkbaren Epochen bunt durcheinander. Dazwischen eine Kuckucksuhr. Überhaupt tickte es mächtig im Hause Lieblich. Der Lichtstrahl fiel auf eine Standuhr aus Eichenholz. Das Zifferblatt war golden, die Zeiger schienen aus Elfenbein zu sein. Hinter dickem Glas schlug das Pendel gleichmäßig hin und her. In einer offenen Vitrine stand allerlei Zeug, das Lieblich von diversen Reisen mitgebracht haben mußte: Ein Kamel aus Ebenholz, eine Miniatursphinx, ein Modell der Akropolis als Aschenbecher, eine weitere Uhr in Form des Towers, der Eiffelturm als Briefbeschwerer, ein fettbäuchiger Buddha in Gold.

Typisch, brummte Hämmerle verächtlich. *Geld wie Heu, aber null Geschmack. Fehlt nur noch 'n Zimmerspringbrunnen.*

Die gegenüberliegende Wand wurde bis unter die hohe Stuckdecke von einem Regal eingenommen. Auf dem Boden davor eine riesige Vase aus chinesischem Porzellan. Wahrscheinlich auch noch echt. Ming-Dynastie oder so.

Boh, guck mal, Atze hatte andere Schätze entdeckt. Er zog seinen Onkel aufgeregt am Ärmel. *Da issn echter Schrumpfkopp, so 'nen wollt ich schon lang.*

Hämmerle konnte seinen Neffen gerade noch zurückhalten. Der war schon drauf und dran, den Kopf vom Regal zu holen. Zum Glück stand das Teil auf dem obersten Brett. Viel zu hoch für Atze.

Hör jetzt auf mit dem Scheiß, wir haben schließlich was zu tun.

Im Schein des Lichtkegels tappten die beiden durch den

Flur. Vorbei an einem Mountainbike und einem ausgestopften Dachs. Jean-Marie öffnete eine Tür. Die Küche. Er beleuchtete einige Edelstahlregale, etliche Geräte, von denen er sich kaum vorstellen konnte, was man damit anfangen sollte, und eine ganze Batterie leerer Champagnerflaschen.
Weiter. Jean-Marie steuerte auf das nächste Zimmer zu, Atze hintendran. Hier sah es schon besser aus.
Das ist das Arbeitszimmer.
An den Wänden Regale mit Aktenordnern. Dazwischen riesige Farbfotos von Lieblichs Klettertouren. Auf fast allen Bildern war auch Echo zu sehen. Echo mit seinem Amulett. Jean-Marie tappte mit dem Finger auf das Foto:
Siehste, da hat er's noch, das Amulett.
Mitten im Zimmer thronte ein schwerer Schreibtisch. Hämmerle legte die Taschenlampe auf die Schreibunterlage aus Büffelleder und streifte ein Paar riesige Wollhandschuhe über, die er vorsorglich eingesteckt hatte. Immerhin war die Polizei seit heute morgen im Besitz seiner Fingerabdrücke.
Die Ordnung in den Schubladen war beängstigend. Mit einem Blick hatte Jean-Marie die Lage erfaßt. Hier war garantiert kein Gipfelbuch. Dafür fein säuberlich abgeheftet Lieblichs Gehaltsabrechnungen. Hämmerle schnalzte mit der Zunge:
Nicht schlecht, Herr Specht, murmelte er vor sich hin. *Das ist ja ein richtiger Goldjunge. So'n Job bei der Bank lohnt sich wahrscheinlich eher als'n esoterischer Buchladen.* Da kannte er sich aus. Immerhin war er im Zuge seiner interdisziplinären Forschungsarbeiten jahrelang Stammkunde im Labyrinth gewesen. Aber diese Phase war vorbei.
Er sah sich um. Zu seinem Erstaunen war er plötzlich allein

im Zimmer. Atze war weg. Er griff nach der Taschenlampe und schlich zur Tür.
Atze, zischte er in den Flur.
Nichts. Der Junge antwortete nicht. Hämmerle spürte, wie sein Herz schneller schlug.
Im Wohnzimmer rührte sich was. Vorbei an Mountainbike und Dachs schlich Jean-Marie zurück in die gute Stube. Vorsichtshalber machte er die Taschenlampe aus, man konnte nie wissen. Es dauerte eine Weile, bis sich seine Augen an die Dunkelheit gewöhnt hatten. Er hielt den Atem an. Da keuchte wer. Das war Atze. Jean-Marie hörte ihn leise vor sich hin schimpfen. Er richtete die Taschenlampe in die Ecke, aus der die Geräusche kamen und knipste den Schalter an.
Bist Du noch zu retten? Komm sofort da runter! Hämmerle schnappte nach Luft. Atze war auf das Regal mit dem Schrumpfkopf geklettert und hing jetzt in luftiger Höhe am obersten Brett. Mit einer Hand hielt er das obskure Objekt seiner Begierde umklammert. Mit der anderen hielt er sich fest. Die Füße hingen frei. Dem Jungen schien es trotzdem gut zu gehen. Er strahlte Hämmerle an:
Ich hab ihn!
Laß sofort los!
Diesmal gehorchte Atze aufs Wort. Bei seiner Landung riß er die Ming-Vase um. Klirrend zersprang das kostbare Stück in tausend Teile. Hämmerle sackte das Herz in die Tiefen seiner 501. Ihm wurde schwummrig. Für eine Sekunde lag Atze stocksteif in den Scherben. Dann rappelte er sich auf:
Los raus hier. Er grabschte nach seinem Schrumpfkopf.
Hämmerle starrte auf die Splitter. Und dann sah er es. Ein

unscheinbares, abgegriffenes Buch, in Leder eingebunden und wasserdicht verpackt. Das mußte das Gipfelbuch sein. Er reagierte blitzschnell und klaubte das Buch aus den Resten der Ming-Vase. Zwischen den Scherben blitzte es golden auf. Das Amulett, schoß es ihm durch den Kopf. Er griff danach und steckte es in die Hosentasche. Mit fliegenden Fingern blätterte er im Gipfelbuch. Die letzte Eintragung war vom vergangenen Freitag. Da stand: 2.30 Uhr, Hubert und Georg, dritter Aufstieg. Das war der Beweis!
In diesem Augenblick ging das Licht an. In der Tür stand, mit einem Baseballschläger in der Hand, Georg Lieblich, der Hausherr.
Scheiße! japste Atze, *nun komm doch!* Er war schon bei der offenen Verandatür.
Auch Jean-Marie war schnell. Aber Lieblich war schneller. Kurz vor dem rettenden Ausgang ließ er den Baseballschläger auf Hämmerles Hand knallen. Jean-Marie jaulte auf und ließ das Gipfelbuch fallen. Lieblich bückte sich und grapschte danach. Hämmerle nutzte seine Chance. Er versetzte Lieblich einen kräftigen Tritt und rannte Atze nach. Der Junge war schon am Gartentor und nahm es mit einem Satz. Hämmerle hatte keine Zeit für solche Feinheiten. Er nahm den direkten Weg zum Benz. Quer durch die Rabatten, und dann brach er mit der Urgewalt seiner 235 Pfund einfach durch die Fliederbüsche. Das nasse Gestrüpp kratzte ihm durchs Gesicht und zerriß sein T-Shirt. Im Benz hörten die beiden Lieblichs wütende Stimme:
Dich hab' ich erkannt! Dich mach' ich fertig!
Hämmerle entschloß sich, diesmal aufs Vorglühen zu verzichten.

Tour de Force

Jean-Marie staunte, wie gut Kräutertee schmecken kann. Corinna war wie verwandelt. Liebevoll zupfte sie an Hämmerles Pferdeschwänzchen, während sie den duftenden Tee eingoß. Ihre Lippen näherten sich seinem erwartungsvoll gespitztem Mund.
Jean-Marie, hauchte sie, *Du bist so klug.*
Es war wie im Märchen. Und Corinna war die Fee. Seit sie wie aus dem Nichts vor ihm aufgetaucht war, schwebte er auf einer rosaroten Wolke. Vorsichtig stellte er die Tasse ab und legte Corinna den Arm um die Schulter. Sie lächelte. Ihr Mund war leicht geöffnet. Ihre Lippen glänzten feucht.
Plötzlich roch es nach Schwefel. Hämmerle schnupperte. In der selben Sekunde fiel ein Netz über ihn. Er zappelte verzweifelt und versuchte, sich zu befreien. Doch vergebens. Grelles Lachen begleitete sein aussichtsloses Unterfangen. Je mehr er sich mühte, desto mehr verhedderte er sich in den engen Maschen. Vier gräßliche Medusenhäupter beugten sich über ihn und starrten in seine angstgeweiteten Augen:
Du wirst nie wieder einer Frau an die Wäsche gehen. Entsetzt sah Hämmerle in der Hand der kleinen Rothaarigen (Henna) eine Schere aufblitzen. Corinna und die restlichen Rächerinnen aus der Alemannenstraße skandierten im Chor: *Schnipp-schnapp, Schwanz ab, schnipp-schnapp, Schwanz ab.* In höchster Not schrie Jean-Marie:
Aaaaatze!
Er fand sich auf seinem Sofa wieder. Atze saß neben ihm.

Gute Güte, war Jean-Marie froh, den Jungen zu sehen. Ein warmes Gefühl strömte durch die Weiten seiner Brust. Er zog Atze zu sich heran. Ihre Lippen trafen sich. Ein schier endloser Kuß. Atze schien sich auszukennen.

Laß sofort den Jungen los, Du, Du, Du... Unhold!

Hämmerle erbleichte. Diese Stimme kannte er nur zu gut. Seine Mutter war noch in Mantel und Hut, in der linken Hand eine prallgefüllte Einkaufstasche, aus der einige Sellerieknollen lugten, in der rechten einen Baseballschläger. Drohend reckte Mutter Hämmerle die gefährliche Waffe ihrem Sohn entgegen. Er sprang auf, um dem Schlag auszuweichen. Dabei stolperte er über den Couchtisch und fiel.

Der Sturz war schier endlos. Fliederzweige peitschten ihm ins Gesicht, Kamele aus Ebenholz und Ming-Vasen segelten an ihm vorbei. Ein goldener Buddha lächelte im Fallen sanft und unendlich weise. Der gräßliche Schrumpfkopf schnappte nach ihm und bohrte ihm die gelben Zähne in die Schulter.

Aaaahhhhrrrrrgh!

Jean-Marie fuhr hoch und saß kerzengerade im Bett. Atze stand neben ihm und rüttelte ihn an der Schulter.

Nein!! er schlug die Hände vors Gesicht.

Atze legte ihm eine Hand auf die schweißnasse Stirn:

Onkel Jean-Marie, Du träumst.

Hämmerle zuckte zurück und verkroch sich unter der Decke. Es dauerte eine ganze Weile, bis er in die Wirklichkeit zurückgefunden hatte. Er sah auf die Uhr. Es war kurz nach sechs.

Als es von der Johanneskirche elf schlug, stand Jean-Marie

immer noch am Fenster seiner Wohnung und beobachtete die Zasiusstraße. Seit fünf Stunden hatte er jeden Fußgänger, jedes Wohnmobil, jeden Radfahrer und jedes Auto ängstlich registriert. Nur zweimal hatte er zwischendurch seinen Posten verlassen. Einmal rief er bei der Taxizentrale an und meldete sich krank. Immerhin schwebte eine Morddrohung über ihm und Atze. Und Hämmerle nahm diese Drohung ernst. Das zweite Mal telefonierte er mit einem Kumpel von der BZ, den er aus dem Litfass kannte, um nachzufragen, ob man den Toten vom Münsterplatz inzwischen identifiziert habe. Sein Kumpel rief sogar schnell beim Polizeirevier Nord an, während Hämmerle auf der anderen Leitung wartete. Die Recherche bestätigte seine Vermutung. Lieblich hatte sich nicht bei der Polizei gemeldet. Der Tote war immer noch nicht identifiziert.

Soviel stand für ihn jetzt fest: Lieblich hatte seinen Freund Hubert auf dem Gewissen. Ohne mit der Wimper zu zukken, hatte er ihn vom Münster geworfen, das war klar. Nur, warum? Was könnte der Grund für diese Wahnsinnstat gewesen sein?

Seine Überlegungen wurden vom Klingeln des Telefons unterbrochen. Jean-Marie hob den Hörer auf, legte ein Taschentuch über die Muschel und quäkte mit verstellter Stimme:

Ja?

Hallo, der Mann am anderen Ende schien verunsichert. *Hallo, wer ist denn da? Jean-Marie, bist Du's? Du klingst so komisch.*

Hämmerle fiel ein Stein vom Herzen. Das war Dieter Pikulski, sein bester Freund und Saufkumpan.

Mensch, Dieter!
Was is denn los Mann, bist Du kastriert oder was?
Unverkennbar Dieter, gar kein Zweifel. Die beiden Wochen im Club Mediterranée hatten ihn offenbar nicht verändert.
Mann, bin ich froh, daß Du wieder da bist.
Sag mal ey, stimmt was nich? So kenn ich Dich ja gar nich.
Das kannst Du laut sagen.
Ich fragte: Stimmt was nich? brüllte Dieter.
Wieso schreist Du denn so?
Was is denn mit Deiner Stimme?
Och, nix. Hämmerle nahm schnell das Taschentuch vom Hörer. *Das war ein Frosch im Hals.*
Jetzt hör' ich Dich besser. Hör mal Alter, ich wollt eigentlich nur sagen, daß ich wieder da bin. Mannomann, bin ich fertig.
Ich denk', Du kommst grad' aus dem Urlaub.
Eben.
Den Rest konnte Jean-Marie sich denken. Früher oder später würde er sich sowieso Pikulskis Geschichten ausführlich anhören müssen. Aber das war jetzt nebensächlich.
Dieter, wir müssen uns sofort treffen.

Zwei Stunden später saß eine seltsame Truppe auf der Terrasse eines Ausflugslokals am Titisee. Ein braungebrannter Mann mit Dreitagebart, Brilli im Ohr und markigem Kinn mit Kirk-Douglas-Grübchen. Das hautenge T-Shirt spannte sich über dem muskulösen Brustkorb. Das Goldkettchen hüpfte lustig bei jeder Bewegung.
Dem Jungen an seiner Seite glänzten die Segelohren vor Begeisterung. Er hatte die Baseball-Kappe weit in den

Nacken geschoben und die Ärmel seines Sweat-Shirts bis unter die Achseln hochgekrempelt. Ab und zu machte er ein Faust, um seine Muskeln zu checken. Vor ihm stand bereits der vierte Schwarzwaldbecher.

Der dritte Mann sah aus wie ein Wesen vom andern Stern. Trotz der brütenden Hitze trug er einen fast bodenlangen Lodenmantel, auf dem runden Kopf eine Baskenmütze. Über seiner Nickelbrille klemmte eine große schwarze Sonnenbrille. Auf der Wange klebte ein Pflaster mit Mickey-Mouse-Motiv. Die linke Hand war bandagiert und offensichtlich geschwollen.

... und dann taucht doch plötzlich der Gatte auf. Ich kann Dir sagen, ich raus aus dem Bett und ab über den Balkon.

Toll! Atze war begeistert von Dieter Pikulski. *Und wie ging's weiter?*

Hämmerle hörte gar nicht hin. Er kannte diese Stories zur Genüge. Jeden Abend, wenn Dieter hinter dem Tresen des Belle Epoque seine Longdrinks mixte, unterhielt er die Stammgäste mit seinen Weibergeschichten. Pah. Da saß er nun, er, Jean-Marie Hämmerle, dessen Leben an einem seidenen Faden hing, der mit einer Morddrohung weiterleben mußte, und was tat sein angeblich bester Freund? Erst machte er Urlaub, und dann quatschte er seinen Neffen mit seinen sexuellen Protzereien voll. Und der Rotzlöffel fiel auch noch darauf rein. Während er auf seiner Suche nach der Wahrheit allein schauen mußte, wo er blieb. Aber so war es eben. Bekanntlich war Undank der Welten Lohn. Und Dieter Pikulski war besonders undankbar. Das hatte schon damals in Lahr angefangen, in der Reihenhaussiedlung, wo sie ihre gemeinsame Kindheit verbracht hatten.

Er erinnerte sich noch ganz genau an die Sache mit den Goldhamstern. Gemeinsam wollten sie damals ganz groß ins Goldhamstergeschäft einsteigen. Die Grundlagen jedenfalls waren vorhanden. Hämmerle besaß das Weibchen, Pikulski das Männchen. Schon nach wenigen Wochen war aus dem Pärchen eine stattliche Familie geworden. Nur leider stand der Hamsterkurs miserabel. Niemand wollte auch nur einen einzigen Hamster kaufen. Dieter hatte bald die Lust am Hamsterhandel verloren und verweigerte jede Verantwortung für die wachsende Hamsterhorde. Schließlich sei er Besitzer des Vaters. In den folgenden Monaten legte Jean-Marie sein gesamtes Taschengeld in Hamsterfutter an, ganz zu schweigen von dem Theater, das Mutter Hämmerle gemacht hatte. Irgendwann sah er sich gezwungen, die Tiere auszusetzen, was sein Gewissen erheblich belastet hatte.

Nu zieh doch endlich mal den albernen Mantel aus, die gucken ja schon alle. Pikulski lächelte charmant zu den beiden Damen am Nebentisch hinüber. *Komm, hier kennt Dich doch keiner, oder glaubst Du, Dein Liebling taucht plötzlich hier auf?*

Lieb-lich! Er hat gesagt, er will mich fertig machen. Und dann hab' ich ja auch noch die Verantwortung für den Jungen.

Ich kann auf mich selbst aufpassen, maulte Atze und versuchte, die spärlichen Muskeln spielen zu lassen.

Dieser Typ schreckt vor nichts zurück, das ist wohl bewiesen. Jean-Marie fröstelte trotz der Hitze. Pikulski sah das anders:

Aber eins mußt Du mir nochmal erklären: Wie kommst Du eigentlich drauf, daß Liebling diesen Echo tatsächlich vom

Münster geworfen hat. Hätte doch auch ein Unfall sein können, oder?
Und dann rennt der Lieb-lich! einfach weg und läßt seinen Freund da liegen? Und klaut ihm auch noch die Kette? Jean-Marie wühlte in den Tiefen seiner Hosentaschen und legte das Beweisstück auf den Tisch.
Vielleicht hatte er einfach Schiß, sagte Pikulski.
Umständlich verpackte Hämmerle das Kettchen wieder:
Wovor denn?
Na, wenn der wirklich so'n großes Tier bei 'ner Bank ist, was glaubst Du, was mit dem passiert, wenn rauskommt, daß er nachts heimlich aufs Münster steigt. Der Typ ist doch fertig.
Ich find' dat einfach gemein, mischte sich Atze ein. *Und dann sacht der denen noch nich ma, wer dat is.*
Hä? Pikulski kam nicht ganz nach.
Hämmerle erklärte:
Ich hab' mich heut' morgen schlau gemacht. Lieblich hat sich immer noch nicht bei der Polizei gemeldet. Wenn er wirklich so unschuldig wäre, wie Du meinst, Dieter, dann wäre er erstens am Samstag nicht so gut drauf gewesen und zweitens hätte er doch wenigstens auf das Bild in der BZ reagiert, oder? So in dem Stil „Oh Gott, ein guter Freund von mir". Er hätte die ganze Geschichte mit dem Münster ja gar nicht erzählen müssen. Und keiner hätte was mitgekriegt.
Da ist was dran, räumte Pikulski ein. *Aber eins versteh' ich nicht, warum gehst DU nicht zur Polizei?*
Bist Du wahnsinnig oder was? Wie stellst Du Dir das denn vor. Die haben mich doch eh schon auf dem Kieker. Wegen

dem Früchtchen da, Hämmerle deutete mit der bandagierten Hand auf Atze, *halten die mich doch für drogensüchtig. Außerdem, ich hab' keine Beweise, die Tour durch Lieblichs Haus hat der doch auch vermasselt, wegen dem blöden Schrumpfkopf. Und am Ende halten die Bullen mich noch für den Mörder.* Zur Bestätigung seiner Thesen klopfte Jean-Marie mit der gesunden Hand auf den Tisch.
Ja, gut. Das sah Dieter ein. Prinzipiell war er auch dafür, den Kontakt mit der Polizei möglichst zu vermeiden. *Aber kannst Du mir mal sagen, wieso Dein Liebling seinen Freund da runtergedonnert hat?*
Tja, Jean-Marie zuckte mit den Achseln, *wenn ich das mal wüßte. Eigentlich müßte man einen kleinen Abstecher nach Siegburg machen, um der Sache auf den Grund zu gehen. Da hat Echo schließlich seine letzten Jahre verbracht. Vielleicht ist da noch 'ne alte Rechnung offen. Immerhin kennen sich die beiden schon lang genug.*
Dieters Horizont war in mancher Hinsicht so eng wie die Miniröcke seiner Freundinnen:
Wahrscheinlich irgend eine Weibergeschichte.

Dann fing Atze an zu quengeln. Er wollte unbedingt noch in die Schwarzwaldklinik, um in der Schule damit angeben zu können. Dieter und Jean-Marie gaben sich geschlagen und machten sich auf den Weg ins Glottertal, wo seit den seligen Zeiten von Klaus-Jürgen Wussow Professor Brinkmann sein Unwesen trieb. Die Fahrt ging vom Titisee Richtung Waldkirch und dann immer den Schildern nach. Keinem noch so Fremden wäre es vergönnt gewesen, den Weg zur Schwarzwaldklinik zu verpassen. Atze guckte aus dem Fen-

ster und hing seinen Gedanken nach:
Wo liegt eigentlich dieses Siegburg? Der Assistentenanwärter hatte wohl im Geographieunterricht geschlafen.
Pikulski zuckte mit den Schultern.
Zwischen Bonn und Köln. Ich war da mal. Die haben eine wunderschöne Abtei. So oben auf 'nem Berg. Die Mönche brauen einen Spitzenlikör. Hämmerle lief das Wasser im Mund zusammen.
Dann laßt uns doch schnell hinfahren, in meiner Kiste sind wir in maximal zweieinhalb Stunden da. Pikulski war ein rasanter Fahrer. *Ich hab heut abend noch frei.*
Um Himmels Willen, nein! Jean-Marie war kein Freund spontaner Ausflüge, und Reisen an sich waren ihm ein Greuel. Aber Pikulski hatte schon Gas gegeben. Er bretterte Richtung Autobahnzubringer Nord.

Die Siegburg-Connection

Endlich war in der Ferne die Abtei von Siegburg zu sehen. Gelblich thronte sie auf dem Michaelsberg. Aus Pikulskis zweieinhalb Stunden waren viereinhalb geworden.

Unterwegs hatte Jean-Marie sich lang und breit über die faszinierenden Beziehungen der Abtei zum Freiburger Münster ausgelassen. Dort habe 1146 bekanntlich Bernhard von Clairvaux gepredigt. Dieser Bernhard wiederum sei der spirituelle Mentor der Heiligen Hildegard von Bingen gewesen, die wiederum ihrerseits die Mönche von Siegburg bei so mancher klosterinternen Affäre beraten habe. Jedenfalls gäbe es einen Brief Hildegards an die Mönche von Siegburg, der möglicherweise sogar echt sei. Unter solchen Erläuterungen verging die Zeit für die Mitfahrer nur langsam.

Es war kurz vor Ladenschluß, als sie endlich von der Autobahn abfuhren. Dieter bog rechts ab Richtung Innenstadt.

Und wo ist dieser Buchladen? fragte er.

Keine Ahnung. Fahr' einfach mal geradeaus, schlug Jean-Marie vor.

Sie fuhren über eine Brücke, dann machte die Straße einen leichten Rechtsbogen. Es ging durch eine Unterführung, dann über eine Kreuzung. Die Straße wurde enger.

Komm, laß uns mal fragen. Pikulski hielt an einer Tankstelle.

Jean-Marie kurbelte das Fenster runter und erkundigte sich bei dem Tankwart nach der Buchhandlung Matzerath. Er war an einen echten Rheinländer geraten.

Tja, Matzerath, also wo Sie dat sagen, irgendswie, also quasi obwohl, also, pfffff, Matzerath. Kommt mir irgendswie bekannt vor. Also ein Stück die Straße lang und links. Obwohl... Man weiß et nit. Es könnt e'so sein, et könnt aber auch anders sein.
Mit dieser umfangreichen Auskunft ausgestattet, fuhr das Trio weiter. Nach wenigen Metern brüllte Atze:
Ey, da drüben!
Tatsächlich, die Buchhandlung Matzerath. In roten Buchstaben war der Name auf einer Markise zu lesen. Pikulski parkte den BMW auf einem Parkplatz schräg gegenüber.
Los, es ist gleich halb.
Während der Fahrt hatten sie einen Plan gemacht. Das Problem war, daß keiner von Echos Todessturz wußte, noch nicht mal die Polizei hatte die Leiche bisher identifizieren können. Nur Hämmerle und Co. kannten die Wahrheit wenigstens ein Stück weit. Aber damit rausrücken durften sie auch nicht. Atze war derjenige gewesen, der eine geniale Idee gehabt hatte. Zunächst hatte sich Hämmerle vehement gegen Atzes Vorschlag gewehrt. Auf keinen Fall wollte er sich von diesem Grünschnabel was sagen lassen.
Aber er mußte zugeben, der Plan hatte was: Pikulski und Hämmerle sollten bei Matzerath als Vertreter der Freiburger Kripo auftauchen. Eigentlich hatte Atze darauf bestanden, auch hier die Rolle des Assistentenanwärters zu übernehmen, mußte sich am Ende aber doch dem Argument beugen, er sei für einen „echten" Polizisten einfach zu jung.
Als Ausweis diente „Chefinspektor" Pikulski die Fasnetplakette der letzten Freiburger Fasnet, die noch immer in seinem Handschuhfach lag. Sie hofften, damit durchzukom-

men. Man durfte das Ding nur nicht zu lange hinhalten. Zur Not wollte man behaupten, der Schriftzug „Narri Narro“ sei die Abkürzung für das Freiburger Sonderdezernat „NARkotika und dROgen“.

Matzerath machte gerade zu. Ein hagerer Typ fummelte an der Tür herum.

Halt! Pikulski brüllte quer über die Straße und rannte los. Hämmerle hinterher. Erst im letzten Augenblick hatte er sich entschlossen, zumindest hier im Rheinland auf seinen Mantel und die Sonnenbrille zu verzichten.

Du ey, tut mir echt leid, wirklich, Du, aber wir schließen gerade. Der Typ sprach so leise, daß Dieter ihn kaum verstand. Im Halbdunkel des Eingangs hielt er ihm kurz die Fasnetplakette hin und sagte so höflich wie möglich:

Guten Abend. Kripo Freiburg. Dürfen wir Sie mal sprechen?

Der Typ sah ihn erstaunt an:

Was ist denn los?

Es geht um Hubert Echo. Aber ich glaube, wir sollten besser reingehen.

Im Laden hing ein süßlicher Duft. Irgendwie machte der Typ einen entrückten Eindruck, weit entfernt vom Hier und Jetzt. Seine Augen blickten träge von Pikulski zu Hämmerle und wieder zurück:

Was ist denn mit Hubert? Hat er Schwierigkeiten?

Wieso Schwierigkeiten? Dieter kam sich ziemlich clever vor. *Sollte er welche haben?*

Ich glaube, Ihr Freund sitzt ganz schön in der Tinte. Hämmerle machte auf seriös. *Wir vermuten, daß er bedroht wird. Und da wir nicht wissen, wo er sich aufhält, können wir nichts unternehmen.*

Da hätten Sie doch anrufen können. Der ist irgendwo beim Klettern.
Wissen Sie, Hämmerle räusperte sich, *die Sache ist ziemlich geheim. Wir müssen befürchten, daß Ihr Apparat abgehört wird.*
Der Typ wurde blaß.
Wissen Sie denn, wohin Ihr Freund zum Klettern ist?
Keine Ahnung.
Also wir befürchten, daß es sich da quasi um eine organisierte Sache handelt, wenn Sie wissen, was ich meine.
Pikulski machte nahtlos weiter:
Können Sie sich vorstellen, daß Ihr Freund in irgendeine krumme Geschichte verwickelt ist?
Jetzt wurde der Typ knallrot. Er stotterte Unverständliches.
Hören Sie, es geht um Leben oder Tod. Nun reden Sie schon. Pikulski war drauf und dran, den Typen Don-Johnson-mäßig zu verhören, so ernst nahm er seine Rolle. Schade nur, daß er seinen Leinenanzug nicht an hatte.
Also in letzter Zeit, stammelte der Typ, *war Hubert etwas in Druck. Finanziell und so. Der Laden. Ich mein', der läuft nicht so gut. Hier im Rheinland is nich so der Markt. Aber ich glaub' nich, daß der wieder ...*
Daß der wieder was? Hämmerles Stimme hatte den Klang eines japanischen Stahlmessers, das durch einen Wok schrappt.
Nun reden Sie! Mann! Pikulski verlor die Geduld. Er packte den Typen am Kragen.
He, das dürfen Sie doch gar nicht. Lassen Sie mich los. Ich kenn' meine Rechte!
Scheiß' drauf. Was wir dürfen, bestimmen immer noch wir.

Er zog den Buchhändler zu sich heran. *Und wir dürfen ziemlich viel.*
Also früher, also eigentlich ist das ein offenes Geheimnis, also wenn ich das jetzt sage, es machen ja auch viele, steht ja sogar immer wieder in der Zeitung, also letzte Woche erst dieser Artikel im General-Anzeiger, also...
Also was jetzt. Pikulski schüttelte den Klienten kurz durch. Danach ging es einfacher.
Er hat doch früher immer diese Arbeiten geschrieben. Hat gar nicht schlecht davon gelebt. Manchmal hatte er drei Kunden gleichzeitig, denen hat er allen die gleiche Arbeit untergejubelt, hat keiner was gemerkt. Und er hat dreifach kassiert. Einfach clever. Den ganzen Laden hier hat er damit aufgebaut.
Hämmerle hakte nach:
Was für Arbeiten? Wovon reden Sie eigentlich?
Pikulski schüttelte den Buchhändler noch ein wenig, um das Gespräch in Gang zu halten.
Na, Diplomarbeiten und so. Hausarbeiten, Referate, Promotionen. Eben alles, was bei den Volkswirten so anfällt. Was glauben Sie, wenn Hubert auspacken würde. Da wäre so manche Karriere ganz schnell zu Ende. Und ich glaube, manchmal hat er von seinen Kunden auch hinterher noch ab und zu was verlangt, also von wegen Mund halten und so...

Hämmerle und Pikulski sahen sich an. Dieter nickte:
Aha. Er ließ den Typen los und pfiff durch die Zähne.
Danke, sagte Hämmerle und ging zur Tür.
Ja aber...
Pikulski schob den Buchhändler zur Seite:

Verlassen Sie sich drauf, ich und Ricardo werden den Fall lösen.
Die beiden Detektive liefen zum Wagen.

Bingo! Hämmerle wischte sich grinsend den Mund ab. *Nochmal dasselbe bitte, Herr Ober!*
Bruder Franziskus, der Geschäftsführer der Abteistube hoch über Siegburg, raffte den Habit und eilte zur Theke. Jean-Marie fühlte sich in dem heiligen Gemäuer wie zu Hause. Väterlich umsorgt von einem echten Benediktinermönch, nur wenige Meter neben der historischen Klosterkirche, war er in seinem Element. Außerdem war er ja gewissermaßen ein Viertelrheinländer. Sein Großvater stammte aus Bad Godesberg.
Atze, weißt Du eigentlich, daß Dein Uropa hier aus der Gegend kommt? fragte Hämmerle.
Keine Ahnung.
Typisch, Ursula hatte einfach keinen Familiensinn.
Weißt Du, Dein Uropa war ein mutiger Mann. Wir Hämmerles waren schon immer eine besondere Familie. Immer gegen den Strom geschwommen. Opa, also Dein Uropa, hat Oma im Ersten Weltkrieg kennengelernt. In Frankreich, ich meine im Elsaß. Damals hat das Elsaß noch zu Deutschland gehört, aber das weißt Du ja sicher auch nicht. Jean-Marie strafte Atze mit einem verächtlichen Blick. *Auf jeden Fall mußten die Deutschen das Elsaß nach dem Krieg wieder zurückgeben. Und da haben Oma und Opa dann geheiratet. Was glaubst Du, was da los war. Aber ich sage Dir, die beiden waren standhaft wie der heilige Benedikt.*
Oh nein, murmelte Pikulski, *nicht schon wieder der.*

Der Junge wird doch wohl was lernen dürfen. Bei Dir ist es sowieso zu spät. Also, Atze, auch der heilige Benedikt war ein großer Mann, genau wie Dein Opa. Nur kam der nicht aus dem Rheinland, sondern aus Umbrien. Er hat den wichtigsten Orden des Mittelalters gegründet, und das Kloster hier gehört auch dazu. Die Benediktiner haben im ganzen Abendland quasi Filialen eingerichtet. Im Grunde haben sie Europa erst zu dem gemacht, was es heute ist. Sie haben quasi die Kultur erfunden. Und die Benediktiner haben auch heute noch jede Menge Einfluß in unserer Heiligen Katholischen Kirche. Und stell' Dir vor, Atze, seit dem achten Jahrhundert gibt es sogar Benediktinerinnenklöster.
Pikulski grinste anzüglich, aber er verkniff sich mit Rücksicht auf Atze eine Bemerkung. Hämmerle ließ sich nicht stören:
Und ihr Likör ist wirklich Spitze.
Das war das Stichwort für Bruder Franziskus. Er lud drei weitere Stücke Abteitorte auf dem Tisch ab. Dazu zwei Gläschen Siegburger Abteilikör und eine Cola für Atze.
Schade, Atze, daß Du das nicht mitgekriegt hast. Dieter versuchte, vom Thema abzulenken. Er hatte schon diverse Benediktiner-Vorträge seines Freundes hinter sich. Und wenn Jean-Marie erst auf Beuron kam, gab's kein Halten mehr. *Du hättest sehen sollen, wie ich den Kerl auseinander genommen hab', Atze. Der war so klein mit Hut.* Pikulski preßte Daumen und Zeigefinger zusammen.
Stark.
Sonst hätte der auch keinen Pieps von sich gegeben. Jetzt war Pikulski in seinem Element. *War ein zäher Bursche. Aber irgendwann ist er dann doch damit rausgerückt.*
Womit? Atze war noch nicht eingeweiht. Im Auto hatten

sich die beiden Detektive erst noch von ihrer Aufregung erholen müssen. Wenn das mit der Plakette schiefgegangen wäre... Nicht auszudenken. Dann hätten sie echt als Narren dagestanden.

Und wat is gezz? Is Liebling nu der Mörder? Atze war endgültig zu Dieter übergelaufen.

Lieb-lich, Atze, Lieb-lich, korrigierte Hämmerle.

Atze stupste Dieter verschwörerisch in die Seite.

Auf jeden Fall hätten wir jetzt quasi ein Motiv. Jean-Marie trumpfte auf. *Hab' ich mir doch gleich gedacht, daß mit diesem Lieblich nicht so viel los ist, intellektuell meine ich. Daß der keine Diplom-Arbeit zustande gekriegt hat, wundert mich nicht. Und dann läßt er sich die Arbeit von Echo schreiben und baut seine ganze Karriere auf Lug und Trug auf. Und was ist der Dank dafür? Er bringt den Kerl um. Aber eins versteh' ich nicht. Das ganze muß doch schon Jahre her sein. Warum also erst jetzt?*

Vielleicht wollte Echo mitverdienen. Genug Knete hat Liebling ja, sagte Dieter.

Also ich kapier' gar nix, meldete sich Atze zu Wort.

Das ist doch ganz einfach. Das ist wie bei Dieter und mir. Dem hab ich früher auch immer die Hausaufgaben gemacht. Jean-Marie klopfte seinem Neffen auf den Schenkel. *Nur, daß ich kein Geld dafür genommen habe.*

Das waren sie auch wirklich nicht wert.

Erst zwischen Karlsruhe und Baden-Baden gab Hämmerle sein beleidigtes Schweigen wieder auf.

Showdown

Das Telefon schwieg. Jean-Marie tigerte unruhig durch seine Wohnung in der Zasiusstraße. Hoffentlich war nichts passiert. Pikulski und Atze hätten sich schon vor über einer Stunde melden müssen.

In dem abgedunkelten Raum direkt unter dem Dach herrschte eine Bullenhitze. Am Mittag war Hämmerle von einem schrillen Klingeln bis ins Mark erschreckt worden. Danach hatte er aus Sicherheitsgründen alle Fenster geschlossen und die Kette vorgelegt. Durch die Entdeckung der Siegburg-Connection war die Sache noch gefährlicher geworden. Betrug und Mord, vielleicht noch mehr.

In Hämmerles Kopf schwirrte es. Wem sollte man noch trauen? Auf wen konnte man sich noch verlassen? Wer sprach überhaupt noch die Wahrheit?

Bisher war zumindest die Welt der Wissenschaft für Jean-Marie eine unantastbare Sphäre von Wahrheit und Lauterkeit gewesen. Bisher. Doch was er gestern entdeckte hatte, brachte sein Weltbild ins Wanken. Zweifel beschlichen ihn. War etwa auch der von ihm so hochverehrte Professor N.N. ein Betrüger? Konnte es sein, daß auch die wunderbare Arbeit von N.N. über die „Phänomenologie als interdisziplinäre Metasprache der Postmoderne auf der Makroebene“ nur Makulatur war? Geschrieben von einem geldgeilen Geisterschreiber ohne jeden inneren Bezug zu Wahrheit und Wissenschaft?

Und dazu noch die Todesangst. Hämmerles Wissen war

eine Zeitbombe. Die Uhr tickte, der Zünder war scharf. Er saß in der Falle.
Dieter und Atze dagegen saßen wahrscheinlich auf der Piazza im Italienischen Dorf und ließen es sich bei Pommes und Pizza gutgehen. In Jean-Maries Magen begann es zu knurren. In die blanke Todesangst mischte sich eine gehörige Portion Wut. Dieser kleine miese Verräter. Atze war dem Blender Pikulski mit seinen Muskelpaketen und dem BMW voll auf den Leim gegangen. Während er an diversen Abgründen stand, hatten sich sein sauberer Neffe und sein angeblich bester Freund in den Europa Park Rust verpißt. Und eigentlich hätten sie schon längst wieder da sein sollen.

Das Telefon schwieg beharrlich. Jean-Marie ging zum x-ten Mal ans Fenster, schob die Gardinen einen winzigen Spalt weit auseinander und lugte auf die Straße. Nichts Verdächtiges zu sehen. Die üblichen Wohnmobile in der Wiehre wußten von nichts. Ein paar Lehrerskinder spielten Himmel und Hölle. Ein Range-Rover mit Vierradantrieb bretterte mit siebzig Sachen durch die Tempo-30-Zone. Vom Balkon gegenüber dröhnte aus einem Ghetto-Blaster Tekkno.

Jean-Maries Magen knurrte mittlerweile wie ein hungriger Wolf. In seinem (also Jean-Maries) dialektisch geschulten Hirn arbeitete es: Was tun? Der Kühlschrank war leer bis auf eine Batterie vom Selbstgebrannten. Draußen jedoch lauerte der Tod. Drinnen auch. Ein klassisches Dilemma ohne Ausweg: Hie(r) klägliches Verhungern, da gemeiner Mord. Jean-Marie nahm das Lederwestchen vom Haken.
Im Kebap-Laden Babylon neben der Automaten-Emma still-

te er am Stehtisch seinen ersten Hunger mit einem Riesen-Kebap. Beim Kauen blickte er durch das Schaufenster auf die Schwarzwaldstraße. Wie jeden Abend schoben sich die Autos Stoßstange an Stoßstange durch das Nadelöhr B31 Richtung Dreisamtal.
Nach dem Hunger kam der Durst. Im Babylon gab es eigentlich nur Tee in Schnapsgläsern. Schon der Gedanke daran ließ Hämmerle schaudern. Zum Glück waren es zur Emma nur ein paar Schritte.
Bevor er aus dem Laden trat, checkte er die Blechlawine auf der Schwarzwaldstraße. Lieblichs Cabrio war nicht zu sehen. Vorsichtig schlich er sich an der Hauswand entlang Richtung Emma. Dann blieb sein Herz stehen. Fünfzig Meter vor ihm drückte sich Georg Lieblich in einen Hauseingang. Eine Katze strich um seine Beine. Von irgendwo her kam Zithermusik.
Jean-Marie reagierte sofort. Er zwängte sich zwischen den Autos durch, die sich auf der Schwarzwaldstraße im Leerlauf stauten. Zum Glück hielt die Linie 1 in diesem Augenblick direkt vor seiner Nase. Jean-Marie schaffte es gerade noch über die Absperrung. Keuchend erreichte er die hinterste Tür und drückte den Knopf. Er quetschte sich in den proppenvollen Wagen und drängelte zum Fenster. Entsetzt sah er Lieblich auf die Straßenbahn zurennen. Gerade hatte der den letzten Wagen erreicht und versuchte, die Tür zu öffnen. Nichts passierte. Hämmerle fiel ein Stein vom Herzen. Die Türen waren schon verriegelt, die Bahn abfahrbereit. Sein Verfolger war grün vor Wut.
Lieblich sprintete zur Fahrerkabine und klopfte gegen die Tür. Hämmerle schickte ein Stoßgebet zum Himmel! Hof-

fentlich war das einer der typischen VAG-Fahrer, dann würde die Tür nämlich zubleiben. Und er wäre in Sicherheit. Die Bahn fuhr an. Lieblich war nicht zu sehen, er mußte eingestiegen sein. Das Gebet war nicht erhört worden. Offensichtlich war der Fahrer noch nicht lange bei der VAG.

Die paar Minuten bis zum Bertoldsbrunnen hatte Jean-Marie fieberhaft überlegt, wie er Lieblich entkommen könnte. Es war ihm nicht viel eingefallen. Entweder er fuhr weiter bis zur Endstation in Landwasser oder er versuchte, sich bis zu Pikulskis Wohnung in der Salzstraße durchzuschlagen. Vielleicht waren Dieter und Atze ja inzwischen aufgetaucht. Er entschied sich für die Salzstraße.
Am Bertoldsbrunnen, bei der Nordsee, stieg er aus. Ohne sich umzusehen hastete er durch die Menschenmenge, vorbei an Teeladen, Optiker, Sportgeschäft, Bäcker und Kunstsalon. Dann kam das Landgericht und dann endlich Pikulskis Haus. Jean-Marie drückte auf den Klingelknopf, daß ihm der Finger schmerzte. Nichts.
Wenige Meter entfernt tauchte Lieblichs Nußkopf in der Menge auf. Verzweifelt rüttelte Hämmerle an der Tür. Keine Chance. Er trabte los, bog ins Augustinergäßle ein, von dort in die Schusterstraße. Hastig sah er sich um. Er rannte weiter durch's Kaufhausgäßle. Dann stand er auf dem Münsterplatz.
Die Cafés hatten Hochbetrieb. Zwischen Palmen und Oleanderbüschen schleppten polnische Kellner zentnerweise Schwarzwälderkirsch und Gutedel. Jean-Marie hatte brennenden Durst. Vielleicht hatte er doch zuviel Knoblauchsoße über das Kebap geschüttet. Aber dafür war jetzt keine

Zeit. Vom Münster läuteten die Glocken zur Abendmesse. Einige alte Frauen gingen durch das Portal ins Innere der Kirche. Jean-Marie folgte ihnen. Hier, so war er sich sicher, würde ihm nichts passieren.

Im Kirchenschiff war es dämmrig. In den bunten Glasfenstern brachen sich die Strahlen der Abendsonne. Von seiner Bank aus blickte Jean-Marie auf das Märtyrerfenster direkt über sich. Die Szenen, die er dort sah, waren fürchterlich.
Das Fenster zeigte sechzehn Heilige, die um der Wahrheit willen gemeuchelt wurden. Ein Schicksal, das vielleicht auch ihm drohte. Trotzdem strahlten die Gesichter der Heiligen in den blutroten Scheiben Zuversicht aus. Nicht eine Spur von Schmerz war zu sehen, nicht einmal Auflehnung gegen das Leid. Hämmerle nahm sich vor, auch seinem Schicksal entsprechend entgegenzutreten, wenn es sich denn nicht vermeiden ließ. Hatte nicht auch der Heilige Laurentius seine Folterknechte noch auf dem glühenden Rost verhöhnt: „Auf der einen Seite bin ich gar, wendet mich und bratet auch die andere.“?
In seine Gedanken versunken folgte Jean-Marie fast automatisch der Lithurgie. Aufstehen, setzen, knien, setzen, aufstehen. Die Gebete murmelte er mechanisch mit, ohne den Sinn der Worte zu erfassen. Nur beim Friedensgruß tauchte er kurz ab. Der war ihm seit jeher peinlich gewesen. Wildfremden Menschen gab er nur ungern die Hand. Nach dem Schlußsegen verließ die kleine Gemeinde das Gotteshaus. Jean-Marie sah sich um und folgte den Gläubigen hinaus auf den Münsterplatz. Lieblich hatte auf ihn gewartet. Jetzt kam er auf ihn zu. Hämmerle machte kehrt.

Bis auf ein paar Touristen und ein altes Mütterchen war das Kirchenschiff leer. Panisch suchte Hämmerle nach einem Versteck. Er hastete zum Hauptportal. Die großen Glastüren waren verschlossen. Er sah sich um. Links war der Aufstieg zum Turm. Erst am Freitag war er mit Atze dort hinaufgeklettert. Doch es kam ihm vor, als seien seitdem Jahrzehnte vergangen. Er rüttelte an der Tür. Sie gab nach. Er hatte keine Zeit, sich darüber zu wundern.

Über hundert Stufen später hatte Jean-Marie keuchend das verwaiste Turmwächterstübchen erreicht. Der Atem raste. Das Herz schlug ihm bis zum Hals. Schweißnaß stand er da und lauschte. Entfernt waren Schritte zu hören. Es gab kein Zurück.

Er mobilisierte seine letzten Kräfte und setzte sich wieder in Trab, die enge Wendeltreppe hinauf, die zur großen Achteckhalle unter dem Turmhelm führt. Für ihn war hier Schicht. Er lehnte sich über die Brüstung und japste nach Luft.

Na, fertig? fragte eine hämische Stimme.

Hämmerle fuhr herum. Lieblich war kein bißchen außer Atem.

Wundert mich nicht bei Deinem Gewicht, sagte er. *Wie bringst Du das eigentlich unter einen Hut, sag mal, in die Kirchen rennen und nachts bei unschuldigen Menschen einbrechen?*

Darauf hätte Jean-Marie gern geantwortet, aber er kriegte immer noch kein Wort heraus. Lieblich machte ein paar Schritte auf ihn zu:

Überhaupt, ein Dieb bist Du auch noch. Du hast noch was

von mir. Geklaut. Das hätte ich gerne wieder. Er streckte die Hand aus.
Jean-Marie wich zurück und schüttelte den Kopf. Eine Schweißperle rollte von der Stirn ins Auge. Er blinzelte.
Ich weiß' gar nicht, wovon Du sprichst, japste er.
Quatsch' nicht. Gib' das Amulett her, sonst bist Du fällig.
Fällig? Glaubst Du denn, ich bin der einzige, der was weiß? Wir waren gestern in Siegburg. Und da haben wir eine ganze Menge erfahren über Echo und Dich.
Ich glaub' Dir kein Wort. Was sollst Du da schon rausgekriegt haben?
Zum Beispiel, wie manche ihre Karrieren aufbauen. Langsam kriegte Hämmerle mehr Luft und etwas Oberwasser. Er schoß in den Nebel und traf ins Schwarze. *Zum Beispiel, daß ein gewisser Herr Echo für einen gewissen Herrn Lieblich die Diplom-Arbeit geschrieben hat. Und dieser gewisse Herr Echo ist jetzt tot. Vom Münster gefallen. Ganz komische Sache, das.*
Lieblich wurde blaß.
Jean-Marie setzte sofort nach. Nachtreten war schon immer eine Spezialität von ihm gewesen, selbst mit dem Rücken zur Wand und dem Killer vor sich:
Und weißt Du, was ich glaube? Ich glaube, daß dieser Herr Echo vom Turm runter geschmissen worden ist. Er machte eine Kunstpause. *Und zwar von Dir. Schließlich war Echo ein Profikletterer, der fällt da nicht so einfach runter.*
Das glaubt Dir doch keiner.
Oh doch. Jean-Marie wühlte in den Hosentaschen und kramte Echos Amulett hervor. Wie ein Pendel ließ er die goldene Kette vor Lieblich hin und her schwingen. *Woher*

solltest Du denn Echos Amulett haben, wenn Du nicht mit ihm zusammen auf dem Münster warst. Und wieso hast Du es in dieser blöden Ming-Vase versteckt? Und dann der Eintrag im Gipfelbuch. Außerdem habe ich einen Zeugen.

Lieblich hatte sich inzwischen wieder gefangen:

Deinen mickrigen Zeugen werde ich mir auch noch kaufen. Und noch ein Wort zu der „blöden Ming-Vase". Von dieser „blöden" Vase könntest Du zehn Jahre lang leben.

Von dem Kind läßt Du die Pfoten, Du Verbrecher, Du. Jean-Marie fuchtelte drohend mit dem Finger herum. *Und Deine Vase interessiert mich einen Scheißdreck.*

Mit einem Satz war Lieblich bei Jean-Marie und packte ihn. Hämmerle verlor das Gleichgewicht und knallte gegen das Schutzgitter der Brüstung. Lieblich packte ihn mit einer Hand am Hals, mit der andern schlug er zu. Jean-Marie krümmte sich. Das Gitter gab unter seinem Gewicht nach. Die beiden landeten auf der Brüstung, fast hundert Meter über dem Kopfsteinpflaster des Münsterplatzes. Wie ein hilfloser Käfer lag Jean-Marie auf dem Rücken, nur noch gehalten von Lieblichs eisernem Griff.

Das Kettchen, keuchte Lieblich, *her damit, los Mann!*

Weit draußen zwischen Himmel und Erde umklammerte Hämmerles Faust am ausgestreckten Arm das Amulett. Er öffnete die Hand.

Hol's Dir doch, ächzte er hämisch.

Lieblich streckte den Arm aus. Er kam nicht dran. Unendlich langsam drehte Jean-Marie die Hand. Das Kettchen kam ins Rutschen.

Nein! Lieblichs Augen weiteten sich vor Schreck.

Hämmerle schloß die Hand wieder:

Gib's zu. Gib's zu, daß Du es warst.
Hätte ich mir von diesem miesen Schwein alles kaputt machen lassen sollen, nur um so 'nen dämlichen Eso-Shop in Siegburg zu retten? Beim Abstieg vom Turm hat er wieder davon angefangen, daß er an den „Früchten seiner Arbeit teilhaben" will, und daß ich ihm ruhig was rüberschieben könnte. Der hätte keine Ruhe mehr gegeben. Der hat mich seit Jahren erpreßt, Mann! Dabei ist der mit einem goldenen Löffel im Maul geboren worden. Nur rückt Papi allmählich keine Kohle mehr raus. Mir hat keiner geholfen. Und für das Diplom hab' ich ihm gutes Geld bezahlt, das kannst Du mir glauben, der hat nichts umsonst getan.
Ganz genau konnte Hämmerle die Tränen der Wut in Lieblichs Augen sehen, so nah war sein Gesicht.
Und von Dir, preßte Lieblich hervor, *von Dir laß' ich mir mein Leben auch nicht versauen.* Blitzschnell versuchte er, Hämmerles Arm zu sich her zu ziehen. Jean-Marie öffnete die Faust. Lieblich ließ ihn los. Mit beiden Händen griff er nach dem Kettchen. Jean-Marie Hämmerle verlor das Gleichgewicht. Er rutschte von der Brüstung.
Das Kettchen segelte in die Tiefe...

Epilog

Der Himmel über dem Münster war blutrot. Im Westen ging die Sonne unter. Ihre Strahlen durchbrachen das gotische Maßwerk des schönsten Turms der Christenheit. Die letzten Touristen hatten die Kirche längst verlassen. Unten auf dem Münsterplatz war alles für eine laue Sommernacht vorbereitet. Die Tische vor den Lokalen waren neu eingedeckt, vereinzelt leuchteten die Windlichter. Die ersten Gäste des Abends prosteten einander zu. Der Gutedel war herrlich kühl.

Jean-Marie Hämmerle hatte Durst. Er leckte sich die aufgesprungenen Lippen. Er hatte keine Ahnung, wie lange er hier schon hing. Sein Sturz von der Brüstung der großen Achteckhalle war jäh von einem gotischen Strebepfeiler gestoppt worden. Nun klemmte er zwischen Sporenpfeiler und dem Mauerwerk des Turms fest, nur einen schmalen Sims unter seinen Füßen. Sein mächtiger Wanst hatte ihm das Leben gerettet. Bisher jedenfalls. Seine lauten Rufe waren ungehört geblieben.

Hiiilfe, versuchte er es wieder und äugte vorsichtig hinunter auf den Münsterplatz. Nichts. Nada. Niemand bemerkte ihn. Der Abend verstrich. Gegen Mitternacht gingen auf dem Münsterplatz die Lichter aus. Nur schräg gegenüber vom Kirchturm, im obersten Stockwerk des Wentzinger Hauses, war hinter einem Fenster der schwache bläuliche Lichtkegel einer Leselampe zu erkennen. Der Kulturamtsleiter hatte sich bis zum letzten Kapitel vom „Frauenarzt der Taiga“ vorgearbeitet. Heute nacht wollte er die Lektüre endlich hinter sich bringen. Er zog die runde Brille vom Gesicht und rieb sich die Augen. Etwas frische Luft würde ihm bei der schwülen Lektüre gut tun. Er öffnete das Fenster und sah in die dunkle Nacht hinaus. Es war vollkommen still.

Und dann hörte er es. Ein schwächliches Rufen, das direkt vom Turm zu kommen schien.

Hiiilfe....

Der Kulturamtsleiter ging zum Telefon und wählte die Eins Eins Null. Wenige Minuten später war in der Ferne ein Martinshorn zu hören...

THEATERBLUT, 1997

ISBN 3-9804390-7-0

BREISGAU-BOHÈME, 2000

ISBN 3-9806539-5-1

HUNDSTAGE, 1999

ISBN 3-9806539-4-3

Sternwald Verlag

STERNWALDSTRASSE 26

79102 FREIBURG

TEL. (07 61) 3 14 14

FAX (07 61) 2 43 02

WWW.STERNWALDVERLAG.DE